Jenna

Jenna Ortega

It's All Love

Botschaften des Glücks

Violeta Topalova studierte Amerikanistik und Komparatistik in Tübingen, wo sie auch heute mit ihrer Familie lebt. Sie übersetzte bereits viele namhafte amerikanische und britische Autor*innen ins Deutsche.

JENNA ORTEGA

It's All Love

BOTSCHAFTEN DES GLÜCKS

Aus dem amerikanischen Englisch
von Violeta Topalova

dtv

Für meine Mom,
die mein ganzes Leben inspiriert

Inhaltsverzeichnis

Ein Wort der Autorin

*Ich begegne der Welt mit einem Herz voller Liebe und Licht. Ich erkenne meine eigene Geschichte in so vielen Menschen wieder, die mich über soziale Medien kontaktieren oder auf der Straße anhalten, um ihre Probleme mit mir zu teilen. Viele meiner Fans unterscheiden sich sehr stark von mir in Sprache, Lifestyle oder Glauben – aber obwohl wir so wenig gemeinsam haben, verbinden uns unsere Zweifel und Unsicherheiten und der Wunsch, in den Spiegel blicken und unser Spiegelbild lieben zu können. Mein Leben ist in vielerlei Hinsicht gesegnet, aber ich habe auch oft schwierige Zeiten durchgemacht. Wenn ich von Follower*innen Nachrichten bekomme, in denen sie über ihre Einsamkeit oder ihre Selbstzweifel sprechen, kann ich mich damit identifizieren. Weil ich das auch schon gespürt habe. Ihr alle, die ihr dies lest, sollt wissen, dass ihr nicht allein* *seid. Wir alle sind uns ähnlicher, als vielen bewusst ist. Wir sitzen alle im selben Boot. Alles ist Liebe.*

Meine größte Hoffnung ist, dass die Ehrlichkeit und das Herzblut, mit denen ich diese Seiten gefüllt habe, ein bisschen Liebe und Licht in eure Leben bringen wird. Ich möchte so vieles über die Kraft sagen, die in uns allen steckt, die Kraft, uns mit Freundlichkeit und Güte zu begegnen, uns gegenseitig den Rücken zu stärken und gut zu uns selbst zu sein, während wir auf unserer Reise wachsen. Ich werde intime, persönliche Erinnerungen darüber mit euch teilen, wie ich mein Selbstvertrauen gewonnen habe, lernte, Risiken einzugehen und Stress und Ängste zu überwinden. Ich hoffe, dass ich euch mit meinen Erfahrungen und den Dingen, die ich aus diesen Situationen gelernt habe, dabei helfen kann, Schwierigkeiten besser zu bewältigen.

Ich hatte und habe das große Glück, dass ich meine Leidenschaft, das Schauspielern, zu meinem Beruf machen konnte und jeden Tag das tun darf, was ich am meisten liebe. Um in diesem Business Fuß zu fassen, brauchte ich eine Menge Mut, Entschlossenheit und das Selbstbewusstsein, mich auch um Rollen in großen Projekten zu bemühen und als gute Wahl einzuschätzen, die mich eigentlich verunsicherten. Wir alle haben Angst davor zu scheitern, aber auf sich selbst zu setzen ist alle Mühen wert. Wir sind alle auf unserer eigenen Reise, vergleichen uns aber schnell mit anderen. Und manchmal fällt es mir schwer, meinen Erfolg und alles, was ich mit harter Arbeit erreicht habe, anzuerkennen, wenn ich sehe, wie andere (manchmal viel schneller) aufs Ziel zusteuern. Die eigenen Leidenschaften wertzuschätzen, auf das, was wir alle der Welt zu sagen und zu bieten haben, zu vertrauen und Ängste, Neid und Selbstzweifel zu überwinden, sind unsere schwierigsten Aufgaben im Leben. Und sie fordern uns jeden Tag neu heraus. Manchmal gewinnen wir, manchmal nicht. Aber wir können es am nächsten Morgen immer wieder neu versuchen. Lasst euch von euren Ängsten niemals davon abhalten, eure Träume zu verfolgen. Nur ihr selbst schreibt eure Geschichte.

Mit all meiner Liebe
Jenna

Lebe mit Liebe.

Liebe treibt alles an,
was ich tue.

Meine Art, wie ich der Welt begegne, entspringt einem Ort der Liebe und des Lichts. Ich habe gelernt, nicht zu kritisieren, mich nicht in negative Energien zu verstricken und nicht schlecht über andere zu reden. Wenn es um Themen geht, an denen mir etwas liegt und für die ich mich engagiere, spreche ich positiv darüber, weil ich möchte, dass wir wichtige Probleme ohne Hass diskutieren. Und wenn ich über ein Thema nicht ausreichend informiert bin, dann versuche ich, mehr darüber zu lernen.

Bei der Arbeit bemühe ich mich Tag für Tag, Liebe und eine positive Einstellung mit ans Set zu bringen. Ich liebe meine Arbeit und bin extrem dankbar dafür, dass ich meine Leidenschaft zum Beruf machen durfte. Diese Liebe lasse ich in großen und kleinen Gesten aus mir strömen: Meinen Kolleg*innen nett und aufmerksam zu begegnen, macht schon einen enormen Unterschied. Die Früh- und Nachtdrehs und die langen Drehtage sind oft herausfordernd, aber ich lasse mich nie unterkriegen, denn ich erinnere mich immer daran, wie dankbar ich bin, überhaupt arbeiten zu dürfen. Das ist ein wertvolles Privileg.

Freundlichkeit
hat
Vorrang.

Am Set bemerkte einmal eine Kollegin, dass ich allen, denen ich dort zum ersten Mal begegne, zur Begrüßung erst mal ein Kompliment mache. Anfangs hatte ich Angst, sie hätte mich durch die Blume als Schleimerin bezeichnet. Aber mir war klar geworden, dass es mir in dunklen Lebensphasen immer half, wenn mir jemand ein Kompliment machte, und sei es nur über eine Kleinigkeit wie meine Schuhe. Diese Lektion habe ich verinnerlicht, und wenn ich jemanden kennenlerne, suche ich nun sofort nach etwas, das mir an dieser Person gefällt.

Man weiß nie, wer gerade einen schlechten Tag hat und durch ein kleines Kompliment zum Lächeln gebracht werden kann. Manchmal reicht es schon, einfach gesehen zu werden. Und ich möchte nett und freundlich sein, weil alles andere nur Zeit- und Energieverschwendung ist. Wenn wir gemein sind, geht es uns nur schlechter, warum also nicht nach dem Positiven suchen?

Setze für dich
dieselben Standards
wie für deine beste
Freundin oder deine
Schwester. Gib dich
nie mit weniger
zufrieden.

Ich ermutige meine Freund*innen immer dazu, sich auf den Charakter ihrer Crushs zu konzentrieren, nicht nur auf das Aussehen. Eine Freundschaft kann man nur zu einem Menschen aufbauen, der einen intellektuell herausfordern und etwas Neues über sich selbst lehren kann, und die besten Beziehungen basieren immer auf Freundschaften. Statt mich von Aufmerksamkeit oder anfänglicher Anziehung blenden zu lassen, versuche ich daher immer, Leute wirklich kennenzulernen. Zuverlässigkeit, Optimismus und einen Sinn für Humor finde ich enorm attraktiv. Das Leben ist stressig genug, also brauche ich jemanden, mit dem ich mich gut fühle und Positives erlebe. Und am attraktivsten finde ich freundliche Männer. Wenn ich jemanden gut finde, dann möchte ich sehen, wie er diejenigen behandelt, von denen er keine Gegenleistung zu erwarten hat. Ich möchte herausfinden, ob seine Freundlichkeit wirklich von Herzen kommt.

Ich glaube daran,
dass Menschen nicht
grundlos in unserem
Leben auftauchen. Wir
können viele Seelen-
verwandte haben.

Ich habe das Glück, einen tollen Freundeskreis zu haben. Wir sind alle gemeinsam aufgewachsen. Eine enge Freundin und ich haben unsere Freundschaft vor Kurzem vertieft, indem wir lange Gespräche über das Universum, Politik, soziale Gerechtigkeit, unsere Zukunft und unser Leben an der Schwelle zum Erwachsensein geführt haben. Wir sind in wichtigen Dingen derselben Meinung und haben denselben trockenen, sarkastischen Humor. Mit ihr kann ich über Sachen reden, die ich sonst kaum jemandem sagen kann, auch wenn ich stressige, schwierige Zeiten durchmache, und sie verurteilt mich nie. Ich bin so dankbar für diese Freundin, die mich so gut versteht und so tief mit mir verbunden ist. Ich will mir ein Leben ohne sie gar nicht vorstellen. Sie kennt mich, sieht mich, unterstützt und schätzt mich und liebt mich bedingungslos. Wie sonst würde man eine Seelenverwandte beschreiben?

Habe Geduld
mit einem
gebrochenen
Herzen.

Wenn man einen geliebten Menschen verliert, kann man sich nur schwer von den mit dieser Person verbundenen Gefühlen und Erinnerungen trennen. Der Heilungsprozess dauert seine Zeit. Eure Beziehung existiert nur zwischen dir und dieser Person: Niemand wird je genau verstehen können, was sie dir bedeutet, und niemand sonst kann wissen, wann du genug um sie getrauert hast.

Es ist wichtig, deine Erinnerungen wertzuschätzen und zu respektieren, aber noch wichtiger ist es, nicht zu vergessen, dass du dir neue schaffen musst. Lebe dein Leben weiter! Wer sich zu stark auf Vergangenes konzentriert, bleibt dort stecken. Manchmal sehe ich Freund*innen so sehr um eine Beziehung trauern, dass sie es versäumen, mit ihren Freund*innen auszugehen und sich neue Erinnerungen zu schaffen. Halte nicht zu sehr an Dingen fest, die dich an die Vergangenheit fesseln. Das heißt nicht, dass du stundenlang dein Instagram bereinigen musst! Aber stopf nicht alles mit Fotos oder Erinnerungsstücken voll. Damit sperrst du dich nur selbst ein.

Aus schlechten
Beziehungen
lernt man genauso viel
wie aus guten.

Ich bin für alle Beziehungen in meinem Leben dankbar, egal ob gut oder schlecht, weil ich an ihnen allen gewachsen bin. Manchmal lernt man aus schwierigen Beziehungen mehr als aus den schönen, so unangenehm diese Lektionen auch sein mögen.

In der Mittelstufe hatte ich mal eine Freundin. Sie war neu in der Stadt, also nahm ich sie unter meine Fittiche und stellte sie meinen Freund*innen vor. Anfangs war sie extrem lieb, aber bald darauf zeigte sie ihr wahres Gesicht. Ich war am Boden zerstört! Sie säte ohne ersichtlichen Grund Zwietracht unter meinen engsten Freund*innen. Seitdem bin ich vorsichtiger damit, wen ich in meinen engen Freundeskreis hineinlasse, und ich spreche Probleme mit Freund*innen ganz offen und direkt an. Meine wahren Freundschaften habe ich dadurch noch mehr schätzen gelernt.

Zweifle nie daran,
dass du Liebe
geben kannst und
Liebe verdienst.

Wir alle haben unsere Unsicherheiten und haben auch manchmal das Gefühl, dass wir keine Liebe verdienen. Ich auch, das könnt ihr mir glauben. Wenn ich mich wirklich unsicher und traurig fühle, tendiere ich dazu, mich von den Menschen zu isolieren, die ich am meisten liebe, weil ich sie nicht mit meinen Problemen belasten will. Meine Unsicherheiten stehen in solchen Momenten wie eine Mauer zwischen uns. Aber wenn ich dann an meine Familie und meine engen Freund*innen denke, daran, wie wundervoll sie sind, und ich mich frage, womit ich diese tollen Menschen verdient habe, wird mir eins klar: dass es genau diese Momente des Zweifelns und des Kummers sind, in denen ich sie am dringendsten brauche.

Vertrau auf das,
was deine Freund*innen
in dir sehen, und
zeig ihnen auch,
wie wundervoll
sie sind.

Wenn ich von Selbstzweifeln geplagt werde, vertraue ich meiner Familie und meinen Freund*innen und ihrer Liebe zu mir. Da ihnen genug an mir liegt, um mich zu lieben und zu unterstützen, müssen sie etwas Gutes in mir erkennen – auch wenn ich selbst es gerade nicht sehen kann. Ich brauche nicht massenhaft Bekanntschaften. Es genügen ein paar enge Freund*innen, die mir meinen eigenen Wert aufzeigen und mir Frieden schenken, wenn ich ihn selbst nicht finden kann.

Ich glaube nicht
an Liebe auf den
ersten Blick,
sondern an Liebe,
die aus Vertrauen
und Freundschaft
entsteht.

Liebe auf den ersten Blick klingt aufregend: süß, unschuldig und spontan. Aber für mich ist Liebe etwas, das aus Vertrauen und Verbundenheit erwächst. Sie ist eine Reise, auf die man zusammen geht und die nicht am Ziel beginnt. Liebe ist für mich das Wissen, dass jemand durch alle Höhen und Tiefen hindurch an meiner Seite ist. Sie wächst langsam und beginnt vielleicht mit einem Crush, der zu Freundschaft wird, wenn ihr euch besser kennenlernt. Und daraus kann dann Liebe werden.

Verwechsle eine
Schwärmerei
nicht mit Liebe.

Ich glaube an Verlieben auf den ersten Blick – und manchmal ist das so heftig, dass es deine Urteilsfähigkeit trüben kann und du jemandem schneller vertraust, als du solltest. Ich habe eine Schwäche für Jungs mit Sinn für Humor und Leidenschaft für das, was sie tun, die ihre Arbeit ernst nehmen, was immer sie auch sein mag. Diese Qualitäten ziehen mich an und erregen sofort mein Interesse, aber ich habe lernen müssen, dass Verliebtheit nicht gleich Liebe ist.

Inzwischen bremse ich meine anfänglichen Schwärmereien und lerne mein Gegenüber erst besser kennen, bevor ich mich in eine Beziehung mit ihm stürze. Es ist leicht, sich eine Romanze herbeizufantasieren, also schränke ich bewusst ein, wie oft ich an einen neuen Schwarm denke, um auf dem Boden der Realität zu bleiben. Ich stalke ihn auch nicht online, um mehr über ihn zu erfahren. Ich habe die Disziplin entwickelt, den Dingen einfach ihren Lauf zu lassen. Das könnt ihr auch, selbst wenn es anfangs schwierig ist. Ich konzentriere mich auch auf meine Liebe für meine Familie und Freund*innen und vergleiche sie mit meinen Gefühlen für diesen Typen, um mich daran zu erinnern, dass Dating wirklich nicht so wichtig ist, wie es mir gerade vorkommt.

Wer Negatives sucht,
wird es auch finden.
Such nach dem
Positiven – du wirst
staunen, was dir
alles begegnet.

Als jemand, der schon mit einer Menge enttäuschender Menschen und Situationen umgehen musste, arbeite ich jeden Tag an dieser Einstellung. Es gab eine Zeit, in der ich Mauern um mich errichtet habe, um mich zu schützen. Aber wer Mauern baut, sperrt mit dem Schlechten auch das Gute aus. Ich finde es wichtig, nicht vorschnell zu urteilen und Menschen die Chance zu geben, dir zu zeigen, wer sie sind und wofür sie einstehen. Das bedeutet nicht, sich sofort einer neuen Bekanntschaft zu öffnen und ihr all deine tiefsten, dunkelsten Geheimnisse zu erzählen – sondern für den Gedanken offen zu sein, dass diese Person dich verstehen könnte. Ich werde immer erst mal ein bisschen vorsichtig und zurückhaltend sein, aber ich will mich auch für neue Menschen und neue Freundschaften offen zeigen und mich positiv von neuen, interessanten Blickwinkeln und Beziehungen überraschen lassen.

Das Wort *Hass* soll
in meinem Wortschatz
nicht vorkommen.

Ich kann kaum in Worte fassen, wie sehr ich das Wort *Hass* verabscheue. In meinen dunkelsten Zeiten habe ich dieses Wort viel zu oft benutzt. Damals fühlte ich mich ziemlich schlecht und ich war zu anderen oft richtig gemein. Zum Glück wurde mir schnell klar, dass es mir nicht guttut, mich in Selbstzweifeln zu suhlen. Ich veränderte mich tatsächlich zum Besseren, als ich mir vornahm, das Wort *Hass* nie wieder zu benutzen. Was wir zu anderen – und uns selbst – sagen, beeinflusst unsere Emotionen und unsere Energie. Jetzt greife ich auf hellere Worte und Handlungen zurück, weil ich mich selbst mit Licht, positiver Energie und Liebe umgeben will. Ich glaube, dass wir das, was wir der Welt mitteilen, auch manifestieren.

Ich habe inzwischen gelernt, meine negativen Gedanken positiv umzuformulieren. Wenn ich in den Spiegel schaue und spüre, dass ich nach einem Makel suche, ersetze ich diesen Gedanken durch einen positiven oder zumindest neutralen. Und vor einem Vorsprechen, einem Event oder einem Sportkurs, vor dem es mir graust, erinnere ich mich daran, warum ich daran teilnehmen wollte – ich vertraue darauf, dass mein früheres Ich die richtige Entscheidung getroffen hat, und stürze mich voll Selbstvertrauen in die Herausforderung.

Selbst deine
stärksten
Überzeugungen
werden sich
mit der Zeit
verändern.

Leben bedeutet Weiterentwicklung und deine Ansichten werden sich ändern, je älter du wirst. Du solltest diesen Prozess annehmen und nicht bekämpfen. Menschen verändern sich und es ist ganz natürlich, dass sich deine Einstellungen mit dir zusammen weiterentwickeln. Wir sollten nie aufhören, uns weiterzubilden, uns mit neuen Menschen auszutauschen und neue Informationen zu sammeln. Wenn wir nicht mehr weiterlernen, wachsen wir auch nicht mehr. Das sollten wir uns alle zu Herzen nehmen. Und ich für meinen Teil will niemals aufhören zu lernen, zu wachsen und mich zu verbessern. Unsere Lebenseinstellungen basieren auf unseren Erinnerungen, Gedanken und Gesprächen. Es ist wichtig, offen zu bleiben und sich bewusst zu machen, wie viel es noch zu erleben und zu lernen gibt.

Halte an deinem
Glauben fest.

Egal welche höhere
Macht dich leitet,
zu wem du betest
und welche Religion
dich inspiriert –
Glaube verbindet.

Glaube bedeutet für jeden Menschen etwas Einzigartiges, aber er ist gleichzeitig eine wunderbare Verbindung zwischen uns und dem Universum, das uns umgibt. Glaube muss nicht Religion bedeuten, auch wenn die beiden Begriffe oft bedeutungsgleich verwendet werden. Du kannst auch glauben, wenn du dich keiner bestimmten Religion zugehörig fühlst oder sie nicht praktizierst. Du kannst an Gott glauben, an die Güte des Universums um dich herum oder sogar an dich selbst. Dieser Glaube ist dein Fels in der Brandung, wenn das Leben schwierig wird.

Mein Glaube
gab mir Halt,
als ich nicht
an mich selbst
glaubte.

Was ich sonntagmorgens gelernt habe, inspiriert alles, was ich tue. Mein Glaube bringt mich dazu, mir selbst zu vertrauen, wenn ich spüre, wie mich Selbstzweifel oder Unsicherheiten beschleichen. Wenn ich bete, erinnere ich mich an die Stärke meiner Familie, die Überzeugungen, die wir teilen, und wie sehr sie mich lieben und unterstützen. Ich bin durch meinen Glauben enorm gewachsen und er ist schon immer meine wichtigste Mut- und Inspirationsquelle gewesen. Bin ich frustriert, weil ich eine Rolle nicht bekomme, beim Dreh meinen Text vermassle oder mich mit meinen Freund*innen streite, hilft mir das Gebet, mich wieder mit Gott zu verbinden und mich daran zu erinnern, dass alles Teil eines größeren Plans ist. Das Gebet ist, seit ich denken kann, Teil meines Lebens und es gibt mir Sicherheit in unruhigen Zeiten. Ich bin dann besonders inspiriert, wenn ich mit meinem Glauben im Einklang stehe. Er ist die Wurzel meiner Liebe für und meines Vertrauens in mich selbst.

Ein Gebet
ist ein Mantra
und erdet dich –
egal woran du
glaubst.

Durch das Gebet bleibe ich in Verbindung mit meinem Glauben. Ich finde es toll, dass ich überall beten kann, wenn ich eine freie Minute habe. Je mehr ich bete, desto weniger habe ich das Gefühl, das Universum könnte gegen mich sein. Du musst nicht religiös sein oder einer bestimmten spirituellen Praxis folgen, um zu beten. Das Gebet ist eine Möglichkeit, innezuhalten und den eigenen Gedanken in Ruhe zu begegnen. Es erlaubt dir, dich mit dir selbst und deinen Gefühlen auseinanderzusetzen und darüber nachzudenken, was dich bekümmert, stresst oder auch begeistert. Du kannst dabei deine Dankbarkeit für deine Familie, deine Freund*innen oder andere Dinge, die du an deinem Leben schätzt, zum Ausdruck bringen.

Begegne anderen
mit offenen Armen
und Akzeptanz.

Meine Glaubensprinzipien bestimmen, wer ich bin und wie ich andere behandle. Es ist mir wichtig, nach dem Gebot »Liebe deinen Nächsten wie dich selbst« zu leben. Momentan klaffen tiefe Gräben in vielen Ländern. Vorurteile gegen Menschen aufgrund von Gender, Ethnie, Religion oder sexueller Orientierung reißen uns auseinander.

Mein Glaube und meine Religion stehen für Akzeptanz und ich verurteile Menschen nicht wegen ihres Glaubens, ihrer Herkunft oder ihres Lebensstils. Mein Glaube hat mir dabei geholfen, offen zu bleiben und anderen respektvoll zu begegnen, selbst wenn sie andere Entscheidungen treffen als ich. Wenn ich sage »Liebe deinen Nächsten wie dich selbst«, dann meine ich »Gehe mit Liebe auf andere zu«. Wie jemand lebt, ist kein Grund für Respektlosigkeit. Ich versuche jeden einzelnen Menschen in meinem Leben wertzuschätzen, und auch die Gelegenheiten, durch sie eine neue Perspektive einzunehmen. Mein Glaube ermutigt mich dazu, von Menschen mit anderen Religionen und Lebenseinstellungen als meiner neues Wissen zu sammeln.

Halte deinen Glauben
fest, besonders wenn
das Leben dich zu
überwältigen droht.

Das Komplizierte am Glauben ist, ihm Priorität einzuräumen. Ich durchlebe definitiv Zeiten, in denen ich mich von Gottes Licht abwende und vergesse, dass ich Ihm trauen kann. Oft passiert das, wenn die Arbeit stressig ist, ich beschäftigt bin und an mir zweifle. Ich habe bemerkt, dass ich mich dann schlechter fühle, unsicherer und isolierter. Aber wenn ich meinem Glauben Raum gebe, fügt sich alles andere von selbst.

Als ich die dritte Staffel von *Mittendrin und kein Entkommen* drehte, hatte ich viel mehr zu tun als sonst. Ich vergaß zu beten, fühlte mich mit der Welt um mich herum nicht mehr verbunden und wurde immer angsterfüllter. Schließlich brach ich bei meiner Mom in Tränen aus und sagte ihr, dass ich mir fremd geworden war. Sie ließ mich zehn Minuten lang einfach nur schweigend dasitzen und durchatmen. Dann fragte sie mich, woran ich in dieser Stillezeit gedacht hatte. Als ich sagte »An alles, was ich tun muss«, fragte sie mich, warum ich stattdessen nicht gebetet hatte. Das rüttelte mich auf. Ich begriff, dass ich dabei war, mir selbst den Boden unter den Füßen wegzuziehen. Seitdem bete ich jeden Abend und halte in stressigen Zeiten noch mehr an meinem Glauben fest. Schwierigkeiten sind unvermeidlich, aber ich werde nie wieder vergessen, wie wichtig das Gebet für mich ist.

Glaube
kann dein Licht
in dunklen Zeiten
sein.

Ich weiß genau, wie es sich anfühlt, unter Perfektionsdruck zu stehen. Ich weiß, wie es ist, bei allem, was du sagst oder tust, unsicher und zaghaft zu sein. Es gab eine Zeit, in der ich mich isolierte und völlig passiv blieb. Ich wollte nicht beten, weil mir meine Probleme dafür zu unwichtig vorkamen und andere es viel schlimmer hatten. Ich lebte damals in Los Angeles, getrennt von meiner Familie, und ich hatte keine Zeit, zur Kirche zu gehen. Ich wusste nicht, wem ich trauen konnte. Ich begann sogar an meinem Glauben zu zweifeln.

In einer dringend nötigen Drehpause besuchte ich meine Familie und wir gingen zusammen zur Kirche. Der Pastor erzählte Bibelgeschichten, die ich seit meiner Kindheit kannte, aber sie bekamen im Zusammenhang mit meinen aktuellen Problemen eine ganz neue Bedeutung für mich. Ich fühlte mich zum ersten Mal seit langer Zeit wieder zu Hause. Und ich schaffte es, diesen Trost, dieses Vertrauen, dieses Gefühl von Identität und Zugehörigkeit in mein hektisches Leben in L. A. mitzunehmen.

Verkünde deinen
Glauben laut
und vielleicht
wirst du damit
andere inspirieren.

In der Mittelstufe freundete ich mich mit einem Mädchen an, das zu Hause Probleme hatte. Ihre Eltern stritten und trennten sich dauernd und kamen dann wieder zusammen. Es war eine emotional sehr schwierige Zeit für sie und sie brauchte dringend Trost. Ich hatte nicht nur ein offenes Ohr für sie, sondern gab auch die Kraft und den Trost meines Glaubens an sie weiter.

Es ist etwas sehr Persönliches, den eigenen tiefsten Glauben und was er für dich bedeutet, mit jemandem zu teilen, aber ich bin sehr froh, dass ich es getan habe. Meine Freundin war unvoreingenommen und wie ich über meinen Glauben sprach, schien ihr Hoffnung zu schenken. Sie wollte mehr über Gott erfahren und darüber, was meine Religion mir gibt. Ich nahm sie ein paarmal mit meiner Familie zum Gottesdienst mit und sie war sehr angetan davon. Als sie Unterstützung und ein Gefühl von Verbundenheit brauchte, fand sie es im Glauben.

Der richtige Zeitpunkt
liegt in Gottes Hand.

Als Schauspielerin setze ich mich ständig Konkurrenzdruck aus und es kann schrecklich sein, einen Job nicht zu bekommen. Einmal bekam ich die Gelegenheit, für eine Rolle in einer tiefgründigeren Familien-Actionkomödie vorzusprechen, in der zwei junge Superstars mitspielten. Ich wollte unbedingt mit dem Regisseur des Projekts arbeiten, und als ich mit dem Hauptdarsteller zusammen las, hatte ich das Gefühl, dass die Chemie zwischen uns super sei. Aber es sollte nicht sein.

Oh, wie habe ich geweint, als ich abgelehnt wurde! Und meine Mom weinte mit mir. Ich brauchte einen Moment, um mit der Ablehnung klarzukommen, aber es hatte eben einfach nicht sein sollen. Ich wusste, dass ich irgendwann die Chance auf erwachsenere, ernsthafte Rollen bekommen würde, wenn ich dafür bereit war, und bald darauf war es auch schon so. Andere kommen vielleicht schneller ans Ziel, aber der richtige Zeitpunkt liegt allein in Gottes Hand. Jetzt weine ich nicht mehr über verpasste Chancen. Wenn etwas nicht so läuft, wie ich es gern hätte, erinnere ich mich daran, dass alles Gottes Plan ist und ich zum richtigen Zeitpunkt die richtige Rolle bekommen werde.

Ich vertraue auf die
Kraft meines Glaubens.

Es ist schön, an etwas zu glauben, auch wenn man gerade an sich selbst zweifelt. Wenn es einem schlecht geht, sollte man sich an den Dingen festhalten, die einem Hoffnung geben, egal ob das geliebte Menschen, deine Religion oder etwas, das du gut kannst, ist. Es ist so wichtig, sich den Dingen zuzuwenden, die dich erden, dich mit anderen verbinden und inspirieren. Sie werden dich mit Sicherheit aus deinem Tief rausholen. Mein Glaube erinnert mich daran, wer ich bin, und verbindet mich mit den Mitgliedern meiner Glaubensgemeinschaft und allen Gläubigen dieser Welt. Ich vertraue auf meinen Glauben, denn er gibt mir Sicherheit und Hoffnung.

Das Leben wird nicht
immer so laufen,
wie du es willst.
Nimm es trotzdem an.

Ich habe gelernt, dass das Leben unvorhersehbar ist. Daher ist es am gesündesten, einfach loszulassen und darauf zu vertrauen, dass sich schon alles irgendwie zum Guten wenden wird. Wenn ich Angst bekomme und anfange, mir die schlimmstmöglichen Szenarien auszumalen, gibt mir mein Glaube den nötigen Halt. Er hilft mir dabei, loszulassen, was ich nicht kontrollieren kann. Solange ich weiß, dass ich mein Bestes getan habe, gibt mir mein Glauben Zuspruch, wenn sich Zweifel einschleichen. Das tröstet mich ungemein, weil ich dazu tendiere, möglichst alles kontrollieren zu wollen, von sozialen Interaktionen bis hin zu meinem Karriereweg. Wenn etwas nicht so läuft, wie ich es gerne hätte, flammen sehr schnell Ängste in mir auf.

Wir alle haben eine Bestimmung.

Ich hätte viele Wege einschlagen können, denn es gab so vieles, was mich interessierte. Aber die Schauspielerei liebte ich schon als Kind ganz besonders: Geschichten zu erzählen, Figuren zu erschaffen, die das Publikum berühren oder sogar inspirieren. Durch diese Geschichten, durch Unterhaltung und Gelächter habe ich die Chance, die Liebe und das Licht (die mir so wichtig sind) an andere weiterzugeben. Die Schauspielerei hat mir die Bühne und die Gelegenheit gegeben, mich für Gutes einzusetzen – um Aufmerksamkeit auf unterstützenswerte Projekte zu lenken und meinen Fans mit gutem Rat beizustehen. Wenn etwas nicht so läuft, wie du es dir vorstellst, dann war dies eben noch nicht deine Bestimmung. Irgendwann wirst du sie finden. Glaube einfach daran.

Bete aufrichtig und
mit offenem Herzen.

Wenn mir Leute raten, ich solle für etwas beten, was mir nutzen würde, gestehe ich mir zuerst ehrlich ein, was meine eigentlichen Absichten sind. Es gibt so viele Menschen, die beten und brav zur Kirche gehen, ohne wirklich mit dem Herzen dabei zu sein. Das Gebet ist ein Weg, deinen Glauben durch tiefe Gespräche und Verständnis zu erweitern. Ich versuche, immer aufrichtig zu beten und mit offenem Herzen nach dem richtigen Weg zu suchen.

Als ich noch klein war, ermutigte meine Mom mich und meine Geschwister dazu, jeden Abend zu beten, und irgendwann tat ich das automatisch. Ich betete für unwichtige Dinge, wie zum Beispiel neue Schuhe oder eine gute Schulnote. Meine Gebete wurden zu Wunschzetteln. Irgendwann erinnerte mich meine Mom daran, dass ich im Gebet nicht um etwas bitten musste. Ich konnte einfach mit Gott sprechen. Den ganzen folgenden Monat lang versuchte ich, jeden Morgen und jeden Abend zu beten. Ich erzählte Gott von meinem Tag, teilte meine Freuden und Sorgen mit ihm und überlegte, wofür ich Rat und Hilfe brauchte. Und am Ende jenes Monats fühlte ich mich Gott näher als je zuvor.

Familie

Meine Familie bildet
die Grundlage
meiner Geschichte.

Wir konzentrieren uns so oft nur auf Materielles und oberflächliche Probleme, aber letztendlich geht es im Leben um deine Familie – egal ob bluts- oder wahlverwandt. Meine Familie bedeutet mir *alles* und meine Eltern und Geschwister sind für mich da wie niemand sonst auf der Welt. Sie hören mir zu, unterstützen mich und erinnern mich daran, wer ich bin und wo ich herkomme. Ich habe zwei ältere Schwestern, einen älteren Bruder, einen jüngeren Bruder und eine jüngere Schwester – und wir sechs reden einfach über alles, von der Frage, wann man im Beruf ein Risiko eingehen muss, bis zu der, wann man weiß, dass ein Junge es ehrlich mit einem meint.

Ich verbringe leider nicht so viel Zeit mit meiner Familie, wie ich gerne würde, weil ich oft arbeite und nur alle paar Monate nach Hause reisen kann. Aber obwohl wir räumlich getrennt sind, texte, telefoniere oder facetime ich ständig mit ihnen. Für mich ist es unverzichtbar, mit ihnen in Verbindung zu bleiben. Aber nichts ist besser, als ein paar Tage zu Hause zu sein, auszuruhen, mit allen Zeit zu verbringen, Fußball zu spielen und zur Kirche zu gehen.

Du bestimmst,
wer deine Familie ist.

Blutsverwandte sind eine Sache, aber es ist auch wichtig, sich eine Familie aus Freund*innen aufzubauen, die für dich da sein können, wenn deine andere Familie weit weg oder nicht erreichbar ist. Dass diese Freund*innen nicht blutsverwandt mit dir sind, macht sie nicht unbedeutender. Da ich so oft von meiner Familie getrennt bin, habe ich mir in L. A. eine Familie aufgebaut, die ich sehr liebe und die für immer in meinem Leben sein wird. An meine engsten Freund*innen, die ich während meiner Anfangsjahre beim Fernsehen kennengelernt habe, wende ich mich für knallhart ehrlichen Rat in Liebes- und Karriereangelegenheiten. Mit deren Hilfe habe ich schon existenzielle Krisen durchgestanden.

Mein Stylist Enrique Mendelez beschützt mich wie ein großer Bruder und ich kann mich immer auf ihn verlassen. Isaak Presley, mein Co-Star aus *Mittendrin und kein Entkommen*, und sein Dad Lou sind ebenfalls wie Familie für mich. Und auch Kayla Maisonet ist mir eine Schwester zum Ausheulen und Mitfühlen geworden. Wir haben so oft miteinander über den beruflichen Druck gesprochen, unter dem wir alle stehen. Sie sind die Menschen, mit denen ich weine, lache, Spaß habe und die mir Halt geben, wenn meine Familie sich sehr weit entfernt anfühlt.

Lerne, Unterstützung
von deiner Familie
anzunehmen, und
vertraue darauf,
dass sie aus Liebe
handeln.

Immer wenn ich mit meinem Beruf hadere, denke ich daran, was meine Familie alles aufgegeben hat, um mir meinen Traum zu ermöglichen. Meine Mom muss sehr viele Bälle gleichzeitig in der Luft halten – meine Karriere, ihren eigenen Beruf und die Anforderungen unserer Familie. Sie hat so viel für uns getan und ist mir und meinen Geschwistern eine solche Quelle der Stärke gewesen, dass ich ihr meine Dankbarkeit niemals ausreichend zeigen könnte. Wenn meine Familie unsere Lebenssituation okay findet, dann kann ich nur dankbar für ihre selbstlose Unterstützung sein und in allen Aspekten, die ich kontrollieren kann, mein Bestes geben. Es ist nicht immer einfach, die Hilfe und Aufopferung der eigenen Familie zu akzeptieren und darauf zu vertrauen, dass sie aus Liebe handeln, aber ich würde absolut alles für meine Familie tun und es ist wundervoll zu wissen, dass das auf Gegenseitigkeit beruht.

Der Bund zwischen
Schwestern
ist einzigartig.

Was immer in meinem Leben auch passiert, meine Schwestern sind für mich da. Sie sind wie angeborene beste Freundinnen. Wir werden immer zusammenbleiben und uns unterstützen, selbst wenn wir nicht derselben Meinung sind. Ich kann meinen Schwestern alles anvertrauen. Ich weiß, dass ich sie immer anrufen oder anderweitig kontaktieren kann, um ihnen zu erzählen, was bei mir los ist, mir den Frust von der Seele zu reden oder einfach nur mit ihnen zu tratschen oder über Jungs zu quatschen. Wisst ihr, wie oft ich mit meinen Schwestern schon darüber diskutiert habe, ob ein Junge meine Zeit wert ist oder nicht? Oft.

Wir unterscheiden uns in vielerlei Hinsicht, unterstützen uns aber ohne Wenn und Aber. Ich bin so dankbar dafür, dass meine Schwestern mit ihren Problemen zu mir kommen, und ich versuche immer, ihnen empathisch zuzuhören und guten Rat zu geben.

Aus Traditionen
entstehen
Erinnerungen,
Liebe und
Beständigkeit.

Ein Schwerpunkt der Latinx-Kultur ist, mit den Familientraditionen verbunden zu bleiben. So ehren wir zum Beispiel verstorbene Verwandte. Ich weiß, dass das nicht jedermanns Sache ist, aber wir halten an diesen Traditionen aus historischen Gründen fest – aber auch weil sie Spaß machen. Ich finde es toll, dass mich unsere Traditionen durchs ganze Jahr begleiten, und mag es, gemeinsam Feiertage zu feiern und Mahlzeiten zu kochen, seien das nun Tamales zu Weihnachten, ein riesengroßes Familientreffen jedes Jahr zu Ostern oder mit der Familie gefeierte Geburtstage. Unsere Traditionen erden uns – egal wie sehr wir uns verändern oder mit welchen Schwierigkeiten wir konfrontiert sind, wir können immer zu diesen vertrauten Fixpunkten zurückkehren und die Liebe unserer Familie spüren.

Familie bedeutet,
das Glück von anderen
über das eigene
zu stellen.

Manchmal bin ich von der Tiefe der Liebe und Wertschätzung, die ich für meine Familie empfinde, überwältigt. In den Momenten, in denen ich über meine Liebe zu ihnen einfach nur staunen kann, weiß ich, dass ich alles für sie tun würde. Ihr Glück ist mir extrem wichtig. Ich bin mir sicher, dass meine Eltern genauso über uns Kinder denken, und ich fühle mich gesegnet, weil ich Teil meiner Familie bin.

Dem Glück der Familie und sogar enger Freund*innen Vorrang vor dem eigenen zu geben, ist wirklich edel und selbstlos … bis zu einem gewissen Punkt. Es kann auch sehr anstrengend sein. Ich bin froh, dass meine Freund*innen oder Geschwister zu mir kommen und ohne Scheu um Hilfe bei ihren Problemen bitten. Aber ich verwende auch so viel Energie darauf, für andere Menschen da zu sein, dass ich manchmal meine eigenen Bedürfnisse vernachlässige. Ich arbeite daher daran, meine Energie etwas ausgewählter zu investieren. Ich würde zwar gern für alle da sein können, aber es ist weder möglich noch gesund, ständig für alle emotional verfügbar zu sein.

Familien sind nicht perfekt – aber sie können trotzdem wunderschön sein.

Familienmitglieder kommen vielleicht nicht immer alle reibungslos miteinander klar und natürlich ist niemand fehlerlos. Wir alle haben mit Stress und Unsicherheiten zu kämpfen und versuchen nur, so gut wie möglich durch den Tag oder die Woche zu kommen. Aber was auch passiert, meine Familie und ich werden immer füreinander da sein. Die Art und Weise, wie wir einander bedingungslos lieben und unterstützen, stärkt uns alle. Und dabei spielt es keine Rolle, wie deine Familie aussieht. Ihr Wert bestimmt sich nicht daran, ob sie traditionellen Vorstellungen entspricht oder ob biologische Verwandtschaft vorliegt.

Alle Beziehungen
haben Höhen
und Tiefen – auch
die zur Familie.

Niemand ist perfekt und manchmal sind sogar Geschwister unterschiedlicher Meinung, können auseinanderdriften und getrennte Wege gehen. Das kann herzzerreißend und frustrierend sein, aber wir dürfen nicht vergessen, dass Familien, die sich lieben, auf eine Weise verbunden sind, die nicht gebrochen werden kann.

Im Moment verstehen mein älterer Bruder und ich uns nicht besonders gut. Ich habe ihn fast ein Jahr lang nicht gesehen, so lange wie noch nie. Letztes Jahr sind wir in Streit geraten, ironischerweise über den Stellenwert von Familie. Wenn er sich mal meldet, wirkt er nicht sonderlich interessiert an mir. Ereignisse, die wir sonst geteilt haben, streichen jetzt einfach an uns vorbei. Aber trotzdem weiß ich ohne Zweifel, dass wir uns immer noch lieben und alles füreinander tun würden. Manchmal ist es das Beste für uns, unsere Familienmitglieder aus der Distanz zu lieben, so schmerzhaft das auch sein mag.

Woher du kommst,
ist nur ein Ort.
Zu Hause bist du
bei deiner Familie.

Sosehr ich die Wüstenlandschaft, aus der ich komme, auch liebe, sosehr ich an meinem Elternhaus hänge und es sentimentalen Wert für mich hat, ist es doch nur ein Ort. Mein Zuhause ist dort, wo meine Familie ist, wo ich mich bedingungslos akzeptiert und geliebt fühle und ganz und gar mein wahres Ich sein kann. Wenn ich am Set bin oder Außendrehs habe – egal ob in Kalifornien, Spanien oder Asien – und meine Familie kommt zu Besuch, dann bin ich zu Hause. Meine Eltern, meine Geschwister und meine Wahlfamilie, also die Menschen, die mich besser verstehen als ich mich selbst, sind alles, was ich brauche, um mich überall wohlzufühlen. Und *dein* Zuhause ist dort, wo *deine* Leute sind, wo du dich wohl, sicher und geliebt fühlst, weil du bei ihnen bist.

Unsere Familie hat mit
den größten Einfluss
auf unsere Entwicklung.

Deine Familie ist das Fundament, auf dem du gebaut bist, und sie beeinflusst auf vielfältige Art und Weise, wie du die Welt siehst. Meine Familie hat meine Werte und Überzeugungen maßgeblich geprägt. Ich möchte sie stolz machen und das bestimmt mein Verhalten mir und anderen Menschen gegenüber.

Andererseits habe ich auch erlebt, wie Freund*innen, die schwierige Beziehungen zu ihren Familien oder eine unglückliche Kindheit hatten, durch diese negativen Erfahrungen noch stärker, widerstandsfähiger und mitfühlender wurden. Je älter ich werde und desto mehr Menschen ich treffe, desto vielfältiger wird meine Welt. Ich habe das Gefühl, dass alle Menschen, mit denen ich interagiere, mein Leben und meinen Charakter in irgendeiner Weise beeinflussen. Diese Erfahrungen stärken das ohnehin schon starke Fundament, das mir meine Familie geboten hat.

Manche
Freundschaften
kommen und gehen.
Familie bleibt.

Wie auch immer du deine »Familie« definierst – ob es nun die unmittelbare oder erweiterte Familie ist oder Freund*innen, die zu Familie geworden sind –, sie wird immer für dich da sein. Auch wenn ich Riesenmist baue, wird meine Familie an meiner Seite bleiben, während sich andere Freund*innen vielleicht abwenden. Wenn das Leben stürmisch wird, begreift man erst wirklich, wie wichtig die Familie ist. Deine Familie sind die Leute, die alles stehen und liegen lassen, um dir zu Hilfe zu eilen und die Scherben aufzusammeln, wenn du sie am meisten brauchst. Ich habe mit meiner Familie viel größeres Glück gehabt als viele andere und ich danke Gott jeden Tag für sie.

Risiken eingehen

Nur wer bereit ist,
Risiken einzugehen,
kann Großartiges
erreichen.

Das Schöne am Leben ist, dass du nie weißt, was dich erwartet, und du nur herausfindest, was du erreichen kannst, wenn du es versuchst. Es kann beängstigend und unangenehm sein, in den Abgrund zu blicken, aber nur wenn man es riskiert, kann man den Gipfel erreichen.

Schauspieler*innen müssen auf Abruf weinen können, aber nach meinen vielen Jahren bei einer Disney-Serie war ich aus der Übung. Als ich mit den Dreharbeiten zur zweiten Staffel von *You* begann, wusste ich, dass ich würde weinen müssen. Und zwar nicht nur ein paar Tränchen. Die Szene war körperlich sehr intensiv. Ich war so nervös deshalb, dass ich mich nur schwer in die Szene hineinversetzen konnte und keinen Zugang zu den Emotionen fand. Ich hatte Angst davor, mich hineinfallen zu lassen, für übertrieben dramatisch und übereifrig gehalten zu werden. Ich respektierte die Schauspieler*innen um mich herum so sehr, dass es mir ungeheuer wichtig war, was sie von meiner Leistung halten würden. Aber als ich mir endlich erlaubte, loszulassen und einfach den Moment zu erleben, lief alles wunderbar. Auf diese Szene bin ich im gesamten Projekt am stolzesten.

Du bist dann
am besten,
wenn du dich
nicht zu wohlfühlst.

Abgesehen von einer kleinen Rolle in einer Schulaufführung von *Peter Pan* hatte ich keinerlei Bühnenerfahrung, als ich in der Radio City Music Hall für die Hauptrolle im *New York Spectacular Starring the Radio City Rockettes* vorsprach. Ich tanze unheimlich gern, bin aber keine ausgebildete Tänzerin. Die Leute, die mit mir vorsprachen, hatten Erfahrung am Broadway und schienen sich die Choreografien viel schneller merken zu können. Ich dachte: »Sollten wir nicht eine Kamera aufstellen und alles zwanzigmal durchproben?«

Und als wäre das nicht schon stressig genug gewesen, konnten mich die Produzent*innen auch noch kaum hören. Ich spreche normalerweise ziemlich leise, aber auf der Bühne muss die Stimme bis in die letzte Sitzreihe tragen können. Ich musste mich hinten in den riesigen Probenraum stellen und so singen, dass man mich auf der ganz anderen Seite hörte. Ich hatte die Wahl: in Panik geraten oder einfach loslassen und alles geben.

Ich sang aus voller Kehle, ich tanzte hemmungslos, ich schickte meine Stimme bis rüber zur Westküste. Und am Ende bekam ich die Rolle und zog für drei Monate nach New York City. Ich würde diese Erfahrung gegen nichts in der Welt tauschen, aber so unwohl wie bei diesem Vorsprechen habe ich mich noch nie gefühlt.

Ich würde lieber
scheitern, als es
gar nicht erst
zu probieren.

Scheitern ist nicht schön, gehört zum Lern- und Verbesserungsprozess aber nun mal dazu. Meine Mom erinnert mich oft daran, dass dies die Zeit ist, in der ich Fehler machen und sie annehmen sollte. Ich bin jung, ich lerne noch und niemand erwartet Perfektion von mir (außer ich selbst vielleicht). Ich möchte die bestmögliche Version meiner selbst werden und in meiner Arbeit an die Spitze gelangen. Dafür ist es wichtig, Dinge zu versuchen und dabei zu scheitern.

Ich war vor Kurzem für eine riesige Filmrolle im Gespräch und wurde zur zweiten Auswahlrunde eingeladen, aber dann verstrickte ich mich zu sehr in den Gedanken, was für ein Riesenprojekt dieser Film war, wie sehr mich diese Rolle exponieren würde und wie schwierig die Drehzeit für mich und meine Familie sein würde. Ich grübelte zu viel über alle Details nach und hielt den Stress nicht mehr aus. Ich lehnte das Angebot ab. Eine andere Schauspielerin bekam die Rolle und es war ein Riesenkarrieresprung für sie. Als ich den fertigen Film sah, beeindruckte mich ihre Performance, aber ich fragte mich auch, wie die Rolle mein Leben verändert und wie »meine« Version des Films ausgesehen hätte. Jetzt weiß ich, dass ich Risiken eingehen und dann einfach abwarten muss, wie sich die Dinge entwickeln.

Du musst
vieles ausprobieren,
bis du das Richtige
für dich findest.

Schauspieler*innen nutzen unterschiedliche Techniken, um ihre Performance zu verbessern. Bei der »Meisner-Technik« muss man zum Beispiel ausschließlich emotional-instinktiv auf äußere Impulse reagieren. Beim »Method-Acting« versetzt man sich so sehr in die Figur, dass man auch »in character« bleibt, wenn die Kameras nicht laufen.

Ich habe von den talentierten Menschen, mit denen ich zusammenarbeitete, durch Beobachtung extrem viel gelernt. Beispielsweise von Penn Badgley, mit dem ich bei *You* zusammengearbeitet habe. Er ist so entspannt, wenn die Kameras ausgeschaltet sind, und vor der Kamera wirkt jede Nuance perfekt und natürlich. Ausprobieren ist die beste Lernmethode, aber das erfordert Zeit und Geduld. Ich habe Techniken, die ich bei anderen gesehen habe, auch selbst ausprobiert. Das ist eine gute Möglichkeit, mehr Vielfalt in mein Schauspielern zu bringen und herauszufinden, auf wie viele verschiedene Arten ich eine zufriedenstellende Leistung erzielen kann. Einmal habe ich in einer Szene eine neue Methode ausprobiert und der Regisseur sagte zu mir: »Ich weiß nicht, was du da machst, aber das funktioniert nicht!« Alles klar! Ich habe mich schnell neu sortiert und wieder auf meine vertraute Methode zurückgegriffen.

Habe keine
Angst vor Fehlern.
Sie sind Teil des
Schaffensprozesses.

Um sich selbst besser kennenzulernen, sollte man viele verschiedene Dinge ausprobieren. Wenn man Neues wagt, merkt man schnell, was man mag und was nicht, und findet vielleicht sogar etwas, das man leidenschaftlich gern tut.

Es ist beispielsweise gut, als Schauspieler*in singen zu können, und in meiner Kindheit habe ich sehr gern gesungen, in der vierten Klasse habe ich sogar an der Talentshow meiner Schule teilgenommen. Im Gesangsunterricht lernte ich viele Musical-Songs, weil sie die Stimmbänder stärken – was mir einen enormen Respekt für Musicals verschafft hat. Dieser Unterricht gab mir ein breiteres Verständnis für Musik und brachte mir eine völlig neue Ebene meines Berufs nahe.

Je älter ich werde, desto klarer wird mir ehrlich gesagt, dass ich nicht mehr gern singe, aber ich glaube fest daran, dass man so viel Neues wie möglich ausprobieren und sich darin üben sollte, kreativ und frei zu leben.

Weniger
ist manchmal
mehr.

Produzent*innen geben einem bei Vorsprechen Feedback, also muss man sich den Raum geben, die eigene Performance anzupassen und mit ihren Anmerkungen zu arbeiten. Wenn ich zu sehr in meinem Kopf feststecke und zu sehr daran hänge, was ich einstudiert habe, kann ich dieses Feedback nicht gut umsetzen. Das lässt sich auch auf die anderen Bereiche meines Lebens übertragen, in denen ich zu viel nachgrüble und versuche, alles zu kontrollieren.

Wenn ich neue Leute kennenlerne, mich mit einem neuen Projekt oder einer neuen Geschäftsbeziehung auseinandersetze oder mich auf eine Rolle vorbereite, versuche ich daher auch auf meine Instinkte zu hören. Vorbereitung ist gut, aber lass dir Raum für Spontaneität.

Vergeben ist wichtig,
aber das heißt nicht,
dass du vergessen
musst.

Es ist nicht gut, nach einem Streit mit einem befreundeten oder geliebten Menschen an Wut und negativer Energie festzuhalten. Besser ist es, loszulassen und die Beziehung entweder zu reparieren oder hinter sich zu lassen. Aber vergiss nie, was du dabei gelernt hast.

Als ein Junge, mit dem ich hin und wieder redete, zu aufdringlich wurde, sagte ich ihm, dass mir das unangenehm sei. Ich hatte klargestellt, dass ich nur befreundet sein wollte, aber er zeigte mir sehr deutlich, dass ihm das nicht genügte. Ich versuchte, ihm noch klarer zu machen, dass ich nicht romantisch an ihm interessiert war, aber er hörte einfach nicht auf. Ich begriff, dass ich die Freundschaft zu ihm beenden musste. Es war besser, meiner Intuition zu folgen.

Hater*innen wird es immer geben.

Vor ein paar Jahren traf ich auf einer Disney-Party in L. A. eine Schauspielerin, die ich kannte. Keine Ahnung, was sie gegen mich hatte, aber sie war extrem zickig und wollte unbedingt einen Streit vom Zaun brechen. Egal was ich sagte, sie behauptete das Gegenteil. Als meine Freundin Skai Jackson später dazukam, plauderten wir zwei ein bisschen, bevor sie das andere Mädchen begrüßte. Ich sah, wie das Mädchen Skai etwas ins Ohr flüsterte und mich dabei direkt anschaute. Skai redete den ganzen restlichen Abend nicht mehr mit mir. Monate später setzten wir uns endlich zusammen und sprachen uns aus. Uns wurde klar, dass dieses Mädchen, das wir beide nicht gut kannten, versucht hatte, unsere Freundschaft zu sabotieren. Seitdem sind wir noch enger befreundet.

In Hollywood passiert also derselbe kindische Kram wie in der Schule. Lustig, oder? Manche Leute mögen einen nicht, obwohl man ihnen nichts getan hat. Was sie gegen dich haben, sagt nur wenig über dich, aber viel über sie selbst aus. Andere Menschen sind unsicher und vielleicht nicht besonders glücklich. Schließt sie in eure Gebete ein, schickt ihnen Liebe und versucht Mitgefühl zu haben.

Wachstum ist immer
schmerzhaft.

Ich hatte schon immer Angst davor, Risiken einzugehen. Und doch habe ich einen extrem riskanten Beruf gewählt! Wenn man sich nicht aus seinem Schneckenhaus wagt und neue Erfahrungen macht, wird man nie dazulernen und wachsen. Ob es nun eine schwierige Beziehung oder ein beruflicher Rückschlag war – ich habe aus all meinen Erfahrungen etwas gelernt, den guten wie den schlechten.

Vor ein paar Jahren machte ein Typ, mit dem ich ausging, etwas, das mein Vertrauen verletzte und mit dem ich überhaupt nicht gerechnet hatte. So unschön dieses Erlebnis damals auch war – und glaubt mir, ich war *sehr* verletzt und traurig –, bin ich heute dankbar dafür. Ich lernte daraus, meinen Instinkten mehr zu vertrauen. Es ging ein schräger Vibe von ihm aus und er hatte ein paarmal gesagt, er lasse sich in Beziehungen gern »alle Optionen offen«. Trotz meiner Zweifel hatte ich mich auf ihn eingelassen und meine innere Stimme, die mich vor ihm gewarnt hatte, ignoriert. Diese Lektion werde ich nie vergessen.

Nimm deine Fehler an.

Ich war schon immer Perfektionistin und erinnere mich bis heute noch an die Mathearbeit in der zweiten Klasse, bei der ich eine Frage nicht beantworten konnte. Es war das erste Mal, dass ich nicht die volle Punktzahl erreicht hatte, und ich weinte deshalb den ganzen Tag. Meine Mom musste ein ernstes Wort mit mir reden und mich daran erinnern, dass nicht alles immer perfekt läuft. Diese Lektion war wichtig für mich und das ist sie bis heute. Ich mache ständig Fehler und ich habe gelernt, souverän damit umzugehen. Aber noch mehr versuche ich, aus ihnen zu lernen.

In meinen Anfangstagen als Schauspielerin geriet ich immer in Panik und flippte aus, wenn ich während des Drehs eine Textzeile vermasselte. Seitdem arbeite ich daran, meine Fehler gelassener zu sehen. Ich frage mich dann, was ich aus dieser Situation lernen kann. In manchen Fällen ändere ich meine Performance oder gebe dem Text eine andere Betonung. Manchmal ist es dann sogar noch besser als ursprünglich.

Sei so gut
wie möglich
vorbereitet.

Ich habe viel über Vorbereitung gelernt und ich arbeite hart, um jeden Tag am Set bereit zu sein, mein Bestes zu geben. Während ich probe, spreche ich meinen Text auf fünfzig verschiedene Arten ein, damit ich Optionen habe, auf die ich bei Bedarf zurückgreifen kann. Ich mache seit einiger Zeit auch Stimm- und Aufwärmübungen, damit mein Mund lockerer wird. (Das klingt albern, aber den ganzen Tag zu sprechen ist wirklich ziemlich anstrengend!) Aus den kleinen Fehlern, die mir auf meinem Weg unterlaufen sind, habe ich gelernt, wie ich mich besser vorbereiten kann, um bei meiner Performance mehr Risiken eingehen zu können. Ich nutze es zu meinem Vorteil, damit ich beim nächsten Mal, wenn ich einen Fehler mache, Ruhe bewahre.

Ich glaube an
zweite Chancen.
Wir alle verdienen
die Gelegenheit,
aus unseren Fehlern
zu lernen.

Wir verändern und entwickeln uns ständig und wir alle verdienen die Chance, uns zu verbessern. Vor drei Jahren war ich noch eine ganz andere Person als heute, weil ich jeden Tag mehr über mich und die Welt lerne. Und das gilt für alle Menschen, egal wie alt sie sind. Wir alle lernen, erforschen und entdecken, wer wir sind und wie was funktioniert. Niemand ist perfekt und wir tun alle nur unser Bestes.

Wenn man jemandem keine zweite Chance gibt und an altem Ärger festhält, zieht man damit nur die negative Energie dichter an sich. Ich will auf solche Negativität weder Zeit noch Energie verschwenden. Wenn eine befreundete Person einen Fehler macht, aber daraus lernt, die Situation neu bewerten und sich verbessern kann, bezeuge ich ihr meinen Respekt und unsere Freundschaft geht weiter. Das ist doch das Mindeste, was sie von mir erwarten kann, oder? Wenn ich einen Fehler mache und daraus lerne, hoffe ich ja auch, dass mein Gegenüber mir ebenfalls eine zweite Chance gibt.

In deiner Geschichte
spielst du
die Hauptrolle.
Mit harter Arbeit
und Entschlossenheit
kann deine Vision
Realität werden.

Die Rolle der Harley bekam ich entgegen aller Wahrscheinlichkeit: Ich sprach schließlich für eine blonde, blauäugige Figur vor. Aber bevor jemand gecastet wurde, beschloss der Disney Channel, das Skript zu überarbeiten, und setzte das Vorsprechen aus. Kurz darauf lud Disney mich zu einem Workshop für angehende Schauspieler*innen ein. Als man uns das Drehbuch zu *Mittendrin und kein Entkommen* in die Hand drückte, wusste ich: Dies ist meine Chance, die Rolle zu ergattern! Sie hatten sogar die ethnische Herkunft der Hauptfigur geändert. Leider wurde meine Szenenpartnerin darum gebeten, Harley zu lesen, und ich sollte ihren Bruder spielen. Aber ich dachte, wenn ich die Rolle gut lese, casten sie mich vielleicht in ihrer nächsten Show. Stellt euch meine Überraschung vor, als ich bei der nächsten Casting-Runde für Harley vorsprechen sollte.

Obwohl es anfangs wegen meiner Hautfarbe unmöglich schien, dass ich die Rolle bekommen konnte, gab ich nicht auf und bewies, was ich draufhatte. Ich hatte mir diese Rolle verdient. Mit Entschlossenheit und Durchhaltevermögen kann deine Vision Realität werden. Nimm die Kritik, die zugeknallten Türen und die Ablehnung und mache sie zum Brennstoff, der deinen Motor antreibt.

Gib dir
selbst
Vorrang.

Einen Augenblick
innezuhalten
und dankbar zu sein
kann alles verändern.

Meine Mutter hat uns dazu erzogen, uns nicht zu beschweren. Eine Cousine von mir, der ich sehr nahestehe, wurde plötzlich schwer krank, als wir Kinder waren. Sie lag lange im Krankenhaus und eine Zeit lang sah es sehr schlecht für sie aus. Zum Glück überlebte sie, wofür wir alle unglaublich dankbar waren. An einem Abend, nachdem ich sie im Krankenhaus besucht hatte, saß ich mit meiner Familie beim Abendessen. Ich schaute meine Familienmitglieder an, die alle glücklich und gesund um den Tisch saßen. Und ich durfte zur Schule gehen, meine Freund*innen treffen und meinen Traum erfüllen, Schauspielerin zu werden. Ich beschloss, von nun an öfter innezuhalten und einfach dankbar dafür zu sein, wie gut es mir geht und wie gesegnet ich bin. Seitdem bin ich ein viel glücklicherer, besser geerdeter Mensch.

Halte fest,
was dich inspiriert.

Wenn ich mich traurig oder verloren fühle, schreibe ich gern Tagebuch. Das Schreiben ist mir seit Langem ein Trost und gleichzeitig eine Möglichkeit, kreativ zu sein. Vor Kurzem fand ich ein Buch mit meinen alten Schulaufsätzen und erinnerte mich stolz daran, wie viel Freude ich dabei gehabt hatte, sie zu schreiben und das Buch zusammenzustellen. Wenn du traurig bist, kehre zu dem zurück, was dich mit deiner Kindheit oder deiner Familie verbindet. Das ist so schön, wie an einen früheren Lieblingsort zurückzugehen oder alte Freund*innen zu treffen. Es beschwört glückliche Erinnerungen herauf und inspiriert dich dazu, neue zu erschaffen.

Wenn ich heute traurig bin, nehme ich mein Notizbuch und schreibe alles auf, was mir gerade durch den Kopf geht: inspirierende Gedanken, Tagebucheinträge oder Kurzgeschichten. Dabei fühle ich mich immer kreativ und erinnere mich daran, wer ich tief in meinem Herzen wirklich bin.

Wer sich zu sehr
um andere bemüht,
vergisst sich
irgendwann selbst.

Ich bin ziemlich harmoniebedürftig und als ich noch jünger war, fand ich das Glück der anderen wichtiger als mein eigenes. Mit zwölf wurde ich für mein erstes richtiges Fotoshooting in einer Zeitschrift gebucht. Ich freute mich unglaublich darauf. Aber als ich im Studio ankam und die Stylist*innen mir das Moodboard und die Outfits zeigten, die sie vorbereitet hatten, wusste ich, dass meine Erwartungen enttäuscht werden würden. Die Outfits waren überhaupt nicht mein Stil und ich fühlte mich sehr unwohl in ihnen. Die Klamotten waren sehr mädchenhaft – pink, geblümt, rüschig, flauschig, dazu High Heels. Das war einfach nicht *ich*.

Als die Fotos Wochen später in der Zeitschrift erschienen, weinte ich, als ich sie sah. Meine Familie fragte mich frustriert, warum ich mich denn nicht gegen diese Outfits gewehrt hatte. Natürlich hätte ich das tun können, aber ich hatte Angst gehabt, die Stylist*innen könnten sauer auf mich werden. Aber vielleicht hätten sie stattdessen auch mit mir gemeinsam einen Look kreiert, auf den ich stolz gewesen wäre. Du solltest bei jeder Gelegenheit deinen Standpunkt vertreten! Dafür musst du aber wissen, womit du dich wohlfühlst und womit nicht.

Arbeit ist nur
das halbe Leben.

Ich bin siebzehn und ich glaube, dass ich schon ziemlich gut allein zurechtkomme. Aber ich vergesse manchmal, mir ausreichend Pausen zu gönnen, und ich muss mehr auf meine Mom hören, wenn sie mich daran erinnert, mir auch etwas Zeit für mich selbst zu nehmen. In den vergangenen Monaten war mein Terminkalender vollgestopft und hektisch und meine Mutter merkte, dass mich das zunehmend belastete. Sie rief meine beste Freundin Kayla an und plante für uns einen gemeinsamen freien Tag mit Fitnessstudio und Abendessen. Nachdem ich Kayla getroffen und mir beim Work-out ordentlich Endorphine verschafft hatte, war all der Stress, den ich monatelang mit mir herumgetragen hatte, verschwunden. Mir war gar nicht klar gewesen, *wie* gestresst ich gewesen war – aber meiner Mom schon.

Gönne dir Zeit zum Ausruhen! Das ist genauso wichtig wie deine To-do-Liste. Wenn ich sehr viel zu tun habe, plagt mich oft das schlechte Gewissen, wenn ich mich ausruhe. Aber jetzt habe ich endlich gelernt, dass Arbeit nur das halbe Leben ist.

Um Hilfe zu bitten,
ist ein Zeichen
wahrer Stärke.

Viele von uns wollen immer stark sein und nicht zugeben, wenn etwas nicht stimmt. In einer wirklich schwierigen Lebensphase brauchte ich ein ganzes Jahr, um mir einzugestehen, dass ich Hilfe benötigte. Ich war seit Monaten traurig, mir selbst gegenüber zu kritisch und nichts machte mir mehr Spaß. Es fiel mir schwer aufzustehen, mir die Haare zu bürsten und mich anzuziehen – all das kam mir sinnlos vor. Meine Eltern rieten mir zu einer Psychotherapie, aber ich weigerte mich, weil ich mich selbst für eine Dramaqueen hielt. Ich machte mir Vorwürfe, weil ich nicht stärker oder widerstandsfähiger war. Dann kam eine Nacht, in der ich allein im Bett lag und scheinbar grundlos weinte. Ich schaute in mein Tagebuch und bemerkte, wie herzzerreißend traurig meine Einträge aus dem letzten Jahr waren. Das war ein Weckruf für mich.

Als ich schließlich zu einer Therapeutin ging und sie den Begriff *Depression* verwendete, war das wie ein Schlag in die Magengrube. In diesem Moment wurde mein Leid real. Gleichzeitig war ich auch sehr erleichtert. Ich war keine Dramaqueen – ich war psychisch krank. Es machte mir Angst, aber es gab mir auch Kraft, mein Problem benennen zu können. Schon nach der ersten Therapiesitzung war ich froh, dass ich etwas unternommen hatte.

Es sind die
kleinen Momente,
die das Leben
ausmachen. Nimm dir
Zeit, Schönheit und
Frieden in ihnen
zu finden.

Es ist so wichtig, auf sich selbst aufzupassen – emotional, mental und körperlich. Du hast nur ein einziges Leben und einen einzigen Körper. Da ich meine Arbeit liebe, fällt es mir manchmal schwer, mich auf *mich* zu konzentrieren. Es ist leichter, meine Energie in die Arbeit, Schule und eine Million anderer Aufgaben zu stecken. Aber allmählich fange ich an, die kleinen Momente des Lebens zu genießen. Ich glaube, wir stehen alle unter dem Druck, immer »on« zu sein, weil es in den sozialen Medien so aussieht, als hätten alle das perfekte Leben.

Ich vergesse manchmal, auf meinen Körper zu hören und mir zu geben, was ich brauche. Aber ich bin um Besserung bemüht. Gestern Nachmittag war ich gerade mit meiner Arbeit fertig, als die Sonne unterging. Ich eilte zu einem Platz, wo ich immer mit meiner besten Freundin aus Kindertagen gewesen war. Ich setzte mich auf den Boden, machte mir Musik an und betrachtete den Sonnenuntergang. Es war perfekt! Nutze diese Chancen, wenn sie sich dir bieten. Finde jeden Tag Schönheit und Frieden in den kleinen Momenten. Unser Leben ist so hektisch, aber abzuschalten und sich Zeit für Yoga-Übungen, einen Tagebucheintrag, Musik oder einen Spaziergang zu nehmen ist so gesund und wichtig. So verbindest du dich wieder mit dir selbst und der Welt um dich herum.

Sei spontan.
Trau dich
zu toben, zu lachen
und dich albern
zu benehmen.

Spontane Ausgeh-Abende sind fast immer die besten. Ich bin eine leidenschaftliche Planerin und habe einen extrem durchorganisierten Zeitplan. Daher schaue ich in meiner Freizeit am liebsten, wohin mich der Abend führt. Ich schalte mein Gehirn aus und akzeptiere die Dinge so, wie sie passieren. Ich liebe es, wenn meine Freund*innen anrufen und sagen, dass sie mich in zehn Minuten abholen. Wir fahren dann herum, bis wir entschieden haben, was wir machen – essen gehen, Minigolf spielen oder etwas Schräges unternehmen, wie an Halloween in die Geisterbahn oder mal in einen Escape-Room zu gehen. Das hilft mir, im Moment zu leben und nicht alles allzu ernst zu nehmen. Meine Freund*innen wecken die laute, alberne Person in mir und helfen mir, meine Sorgen zu vergessen. Zu meinen liebsten Erinnerungen gehört der Tag, an dem ich mit meinen Freund*innen in einen Stadtpark gegangen, schreiend und lachend herumgerannt bin und mit ihnen Fangen gespielt habe. Ich finde es sehr wichtig, mein Gehirn durchzupusten, einfach albern zu sein, zu entspannen und neue Energie zu tanken.

Man kann mehr Geld verdienen, aber Zeit kommt niemals wieder.

Vor Kurzem wurde mir eine Rolle in einem fantastischen Film angeboten. Aber die Dreharbeiten, für die ich längere Zeit in Spanien verbracht hatte, gingen gerade zu Ende und ich wollte unbedingt nach Hause zu meiner Familie fahren, die ich seit drei Monaten nicht gesehen hatte. Für dieses neue Projekt hätte ich direkt weiterarbeiten müssen, ohne sie zu sehen. Es war eine tolle Gelegenheit, für die ich sehr dankbar war, aber ich brauchte auch meine Familie und meine Freund*innen. Dies hatte einfach höhere Priorität für mich. Sosehr ich meine Arbeit liebe, meine oberste Priorität ist immer noch Gott, danach folgen Familie, Freund*innen und Schule.

Oft arbeiten junge Schauspieler*innen nonstop und sagen allen Projekten zu. Aber dabei vergessen sie, dass es im Leben auch noch Wichtigeres gibt als die Arbeit. Man muss es ruhig angehen lassen. Und man braucht immer einen guten Grund dafür, einen neuen Job anzunehmen. So sorgt man dafür, dass seine Arbeit gut ist und dass man wirklich nur Projekte wählt, die zu einem passen, den eigenen Werten entsprechen und den beruflichen Zielen förderlich sind. Wir sollten alle darüber nachdenken, warum wir tun, was wir tun, und uns fragen: Ist es das wert? Denn letztendlich sind unsere psychische Gesundheit und unser Wohlbefinden das Wichtigste.

Wenn du hören willst,
was dein Körper
braucht, musst du
zuerst ganz still
werden.

Früher dachte ich, Ruhepausen seien Zeitverschwendung, weil ich einfach nur arbeiten wollte. Ich muss mich immer wieder daran erinnern, dass ohne Pausen meine Produktivität leidet. Um gesund zu bleiben und bei der Arbeit mein Bestes zu geben, muss ich mir Zeit zum Aufladen nehmen. Wenn ich auf dem Handy einen Tagesplan schreibe, dann baue ich mir extra ein Zeitfenster ein, in dem ich im Bett liegen oder Musik hören und im Garten sitzen kann. Es ist so wichtig, sich diese ruhigen Auszeiten zu nehmen, aber es dauerte eine Weile, bis ich begriff, *wie* dringend ich sie brauchte.

Wenn du dich nicht ausruhst, dann kannst du auch nicht zu 100 Prozent präsent sein. Wenn man so viel arbeitet, dass man seine Freizeit und Gesundheit dafür opfert, sollte man sich fragen, ob man so wirklich die bestmögliche Leistung bringen kann. Was nützt es, sich kaputt zu schuften, wenn man mit dem Ergebnis doch nicht zufrieden sein wird? Wenn du produktiv, effektiv und erfolgreich sein willst, darfst du dich nicht ununterbrochen auspowern.

Hör auf deine
Intuition und habe
keine Angst davor,
Nein zu sagen.

Inzwischen bin ich bei der Auswahl meiner Projekte wählerischer geworden als früher. Ich möchte mir eine Filmografie aufbauen, die sich sehen lassen kann. Und wenn das bedeutet, Projekte abzulehnen, dann tue ich das auch. Ich möchte meine Arbeit unbedingt auch weiter leidenschaftlich gern machen. Wenn es darum geht, bei neuen Projekten zu unterschreiben, zum Beispiel einem großen Film, der mich richtig bekannt machen könnte, dann sage ich nicht automatisch Ja dazu. Wenn ich so viel von meiner Zeit und Energie investiere, dann möchte ich auf das Ergebnis auch mein Leben lang stolz sein können. Sei wählerisch.

Unnötigen Stress
vermeidet man dadurch,
dass man sich
um seine eigenen
Angelegenheiten
kümmert.

Es gibt so viele Probleme auf der Welt, und wenn es nicht um schreiende Ungerechtigkeit, Mobbing oder Hass geht, ist es oft besser, sich rauszuhalten. Lass dich nicht in irgendwelche Dramen verwickeln.

Es hat wirklich lange gedauert, bis ich das gelernt habe, aber irgendwann merkte ich, dass mir nur an der Meinung meiner Familie wirklich etwas liegt. Wenn es um Klatsch, Tratsch und Skandälchen geht, sollte man negative Energie nicht mit noch mehr negativer Energie bekämpfen. Das führt zu nichts. Unterschätze nie die Macht des Schweigens. Verschwende deine Energie nicht darauf, eine gute Retourkutsche zu finden, damit lässt du dich nur auf ihr Niveau herunterziehen. Lass die Sache auf sich beruhen. Wenn du große Pläne und kühne Träume für dein Leben hast, dann sind unwichtige Streitereien deine Energie nicht wert. Konzentriere dich lieber auf das, was dich glücklich macht, auf deine Ziele und Prioritäten. Wenn dir (was unvermeidlich ist) Negatives begegnet, dann zeige der Welt, wie souverän du damit umgehen kannst.

Du kannst nicht
jede Situation
kontrollieren,
aber wie du
darauf reagierst.

Du bist dafür verantwortlich, wie du mit Schwierigkeiten umgehst. Ich hatte mal Streit mit einem Mädchen, das Lügen über mich verbreitete, weil sie dachte, ich hätte eine Affäre mit ihrem Ex. Sie ist ebenfalls Hollywood-Schauspielerin, erfolgreich, mächtig und erfahren. Ich kannte sie nicht persönlich, aber sie hatte mich auf dem Kieker. Sie erzählte gemeinsamen Freund*innen und Business-Bekanntschaften Lügen über mich und schadete damit meinem Image. Irgendwann erzählte ich ein paar engen Vertrauten, was los war. Sie sagten alle dasselbe: »Lass dieses Mädchen nicht dein Leben beeinträchtigen.« Ich konnte sie nicht daran hindern, über mich zu reden. Was ich kontrollieren konnte, war meine Reaktion. Also biss ich die Zähne zusammen und stand es einfach durch, ohne Öl ins Feuer zu gießen. Und irgendwann war die Sache gegessen.

Wenn man widrigen Umständen mit einer negativen Einstellung begegnet, verliert man die Kontrolle und fühlt sich als hilfloses Opfer. Aber wenn man entschlossen und positiv reagiert, kann man die Situation oft retten. Und falls nicht: Lass los, was du nicht kontrollieren kannst, und gehe weiter. Du kannst niemanden daran hindern, Negatives zu verbreiten, aber du hast in der Hand, wie viel Energie du darauf verwendest und wie es sich auf dich auswirkt.

Du kannst nicht
allen gefallen,
sondern nur
du selbst sein.

Teenager stehen unter enormem Druck. Sie müssen in der Schule glänzen, möglichst gut in Hobbys werden und mit klarem Blick in die Zukunft sehen. Der Zugang zu unendlich vielen Informationen, so vielen Berufsmöglichkeiten und den sozialen Medien und ihren Influencer*innen kann überfordernd sein. Wir haben in den USA Glück, in einer Kultur zu leben, in der Individualität und einzigartige Interessen geschätzt werden. Aber manchmal führt dieser Druck dazu, dass aus »man selbst sein« schwere Arbeit wird.

Es fiel mir nicht leicht, meine Arbeit und meine schulischen Pflichten gleichzeitig zu bewältigen, weil ich unbedingt in beidem gut sein wollte. Außerdem sorgte ich mich um mein Image und darum, was ich meinen jungen Fans über die sozialen Medien vorlebte. Mich stressten Kritiken, Vorsprechen, was Gleichaltrige über mich sagten und die Frage, ob ich meiner Hollywood-Karriere gewachsen war. Erst als ich mich wirklich mit meiner inneren Stimme und meinen Instinkten verband, begann ich zu sehen und zu würdigen, wer ich als Person war. Und dann ergab sich alles andere von selbst. Ich wusste auf einmal, was ich sagen, tun und anziehen sollte, wenn ich einfach ich selbst war. Wenn ich auf meinen moralischen Kompass höre, werde ich niemals die falsche Richtung einschlagen.

Tu das, was sich
für dich
richtig anfühlt,
und ignoriere
Druck von außen.

Die Menschen, die ich am meisten bewundere, sind diejenigen, die Grenzen überwinden und ihrem Herzen folgen, obwohl sie unter dem Druck stehen, auf eine bestimmte Weise zu leben oder der Herde zu folgen. Viele Leute sind so darum bemüht, sich anzupassen, dass sie entweder für sie schlechte Entscheidungen treffen, um nicht anzuecken, oder ihre Individualität aufgeben und genauso werden wie alle anderen.

Seit ein paar Jahren arbeite ich daran, an mich selbst zu glauben und mich damit wohlzufühlen, auf meine Instinkte zu hören. Das System will junge Menschen zur Konformität erziehen – alle sollen dasselbe tragen, mögen, hören und denken. Aber ich sage: Folge deinem Herzen! Tu das, was sich für dich gut und richtig anfühlt, und ignoriere alle anderen. Zieh dich so an, wie es dir gefällt, hör deine Lieblingsmusik, auch wenn sie nicht dem Geschmack der anderen entspricht, und nimm Klavierunterricht, wenn du schon immer mal in die Tasten hauen wolltest.

Es ist dein Körper.
Was du damit tun willst,
liegt allein bei dir.

Sex bedeutet für jeden Menschen etwas anderes. Es ist völlig unnötig, sich dabei um den Glauben, die Werte oder Vorstellungen anderer Sorgen zu machen. Du wirst immer die Möglichkeit dazu haben, wenn du dafür bereit bist. Dass andere Leute schon sexuell aktiv sind, bedeutet nicht, dass du es auch probieren musst, um dazuzugehören. Letztendlich geht das niemanden außer dich selbst etwas an. Vertritt selbstbewusst, was sich für dich richtig anfühlt. Du schuldest niemandem – nicht einmal einer Person, die du liebst – eine Erklärung dafür, warum du nicht dasselbe willst wie sie. Sage klar und deutlich, wenn dir etwas unangenehm ist, am besten von Angesicht zu Angesicht. Wenn ihr euch nicht einig werdet und die andere Person etwas tun will, wozu du noch nicht bereit bist, dann werden sich eure Wege vielleicht trennen müssen – und das ist okay.

Steh zu deinen
Ambitionen.

Deine Fantasie
ist deine
Superkraft.

Deine Vorstellungskraft ist alles. Steh zu deinen einzigartigen Geschichten und Ideen und habe keine Angst davor, sie mit der Welt zu teilen – man weiß nie, was daraus entstehen kann. Als mein kleiner Bruder etwa acht Jahre alt war, musste er in der Schule ein Referat über sein liebstes Hobby halten. Er konnte dafür entweder einen Aufsatz schreiben, eine PowerPoint-Präsentation erstellen oder ein Diagramm zeichnen. Marcus wollte, dass sich seine Präsentation von allen anderen abhob. Er beschloss, einen Song über Camping zu schreiben, und sang seinen selbst geschriebenen Text zu einer Melodie von Bruno Mars. Er übte und übte. Marcus ist zu Hause der Familienclown, war in der Schule aber eher schweigsam. Er bekam für seinen Song eine 1+ und die Lehrerin sagte, es sei das beste Referat seit Jahren gewesen. Diese Erfahrung ermutigte ihn dazu, sich stärker in der Schule einzubringen, und er war fortan viel selbstbewusster. Daran erinnere ich mich immer, wenn ich mich mal wieder davor fürchte, mich der Welt mitzuteilen.

Lass dich
von niemandem
davon abbringen,
deinen Träumen
zu folgen.

In meiner Kindheit wurde ich oft wegen meines Traums, Schauspielerin zu werden, gemobbt. Eine Menge Leute machten sich über mich lustig, ob aus Neid oder weil sie nicht glaubten, dass ich es schaffen könnte, weiß ich nicht. Sie nannten mich egozentrisch und eingebildet und krittelten an meinem Aussehen herum. Ich kam erst recht spät in die Pubertät und wurde unter anderem »Brett« genannt, weil ich noch keinen Busen hatte. Sie sagten, ich wäre zu hässlich für das Fernsehen oder Kino. Natürlich verletzte mich das sehr, aber obwohl die anderen so fies über mich herzogen, blieb ich meinen Träumen treu. Ich wusste, was ich tat.

Ich arbeitete in Hollywood und fasste dort allmählich Fuß, aber ich verspürte nicht den Drang, das den anderen unter die Nase zu reiben. Ich biss die Zähne zusammen und arbeitete hart. Ich ging zur Schule, nahm an Vorsprechen teil und versuchte mit all meiner Kraft, meinen Traum wahr zu machen. Da ich ihre Meinung sowieso nicht ändern konnte, konzentrierte ich meine Energie auf meine Ziele und irgendwann bewies ich diesen Leuten, dass sie unrecht hatten. Viel wichtiger war mir aber die Befriedigung darüber, dass ich das, was ich mir vorgenommen hatte, auch wirklich geschafft hatte.

Je mehr Erfolg du hast,
desto mehr Leute
werden versuchen,
dich zu Fall zu bringen.
Lächle einfach
und mach weiter.

Es wird immer negative Menschen geben, die dir deinen Erfolg nicht gönnen. Wenn du gemobbt wirst, dann denk immer daran, wie unglücklich diese Leute sein müssen. Wer wütend ist, kann nicht glücklich sein, und ich bete dafür, dass diese Hater*innen ihr Glück finden und lernen, sich selbst zu lieben. Diejenigen, die online in Kommentaren Negativität verbreiten, wissen, dass du ihr Gesicht nie sehen wirst – sie sind nur mutig, weil sie sich hinter ihrer digitalen Anonymität verstecken können. Oft wollen sie auch einfach nur Aufmerksamkeit, um von ihren eigenen Unsicherheiten abzulenken. Konzentriere dich auf das, was in deinem Leben gut läuft, und wenn dich etwas fertigmacht, gestehe es dir ein und lass es dann hinter dir.

Denk nicht
zu viel nach.

Mir fällt es jeden Tag schwer, Entscheidungen zu treffen. Ich grüble viel zu viel über große und kleine Entscheidungen nach – sogar darüber, welches Foto ich auf Instagram posten soll. Ich versuche aber meinem Instinkt mehr zu vertrauen.

Nach dem Ende von *Mittendrin und kein Entkommen* sollte ich für die Hauptrolle einer neuen Netflix-Serie getestet werden und meine Agent*innen fragten mich: »Willst du dieses Projekt machen?« Die Serie war eine absurde Comedy ganz im Stil von *Mittendrin und kein Entkommen*. Ich wollte eigentlich etwas anderes versuchen und mein Bauchgefühl sagte mir, dass das Projekt nicht das Richtige für mich war. Meine Mom konnte nicht fassen, dass ich diesen tollen Job ablehnte. Aber als die Serie dann lief, wusste ich, dass ich richtig entschieden hatte. Das war nicht *ich* und ich wollte auch nicht, dass meine Karriere in diese Richtung verlief. Es dauerte aber ein paar Monate, bis ich wieder einen Job bekam, und ich grübelte in der Zwischenzeit sogar, ob ich die Schauspielerei nicht aufgeben sollte. Dann bekam ich die Chance, in *You* mitzuspielen, und die Rolle passte perfekt zu mir und forderte mich auf genau die Art heraus, die ich wollte. Hätte ich nicht auf meinen Bauch gehört und die andere Serie abgelehnt, hätte ich *You* nicht machen können.

Kritik kann dich
stärker, besser und
klüger machen – nimm
sie nicht als Grund,
um aufzugeben.

Früher hatte ich schreckliche Probleme damit, Kritik anzunehmen, vor allem, wenn es um meine Arbeit ging. Ich empfand sie als Angriff auf meinen Charakter und mich als Menschen und nicht als Reaktion einer einzelnen Person zu meiner Arbeit. Diese Haltung war mit ein Grund dafür, warum ich mich als Schauspielerin nicht verbesserte. Ich habe hart daran gearbeitet, Kritik mit der Einstellung zu akzeptieren, dass ich täglich dazulernen und wachsen möchte.

Mein Dad sagt mir oft, dass man durchaus Fehler machen darf, solange man sie eingesteht, die Verantwortung dafür übernimmt und sie als Mittel betrachtet, um besser zu werden – so schwer das manchmal auch ist. Ohne Kritik bleibst du stecken und dein Wachstum stagniert. Wir alle brauchen sie, um besser zu werden. Wenn du glaubst, dass du niemals Fehler machst, dann wirst du scheitern. Und das ist dann allein deine Schuld.

Lass dich nicht
von deinem Ego
blenden.

Erschaffe dir in deinem Kopf keine unrealistische Vorstellung von dir selbst. Auf der Erde leben Milliarden Menschen und das Leben geht seit Millionen von Jahren seinen Gang. Ja, du bist besonders und einzigartig, aber du bist nicht mehr wert als andere. Dein Leben – und dein Erfolg – ist eine Kombination aus harter Arbeit, richtigem Timing und Glück. Wenn du dich weniger von deinem Ego lenken lässt, wenn du bescheiden und aufgeschlossen bist, kannst du viel leichter dazulernen, wahr- und in dich aufnehmen, was um dich herum passiert. Egoismus bremst dein Wachstum, aber Bescheidenheit lässt dich darauf hinarbeiten, die beste Version deiner selbst zu werden. Mache nicht den Fehler zu denken, du wüsstest alles.

Vor meiner Familie für Vorsprechen zu üben ist eine besonders demütig machende Erfahrung. Wenn ich mich um große Rollen bewerbe, sagen meine Eltern, ich solle meinen Text vor der gesamten Familie vorsprechen, damit sie mir Feedback geben können. Das macht mich immer nervös, weil sie so ehrlich zu mir sind wie niemand sonst. Sie kennen mich gut und ihr Feedback ist das von Zuschauer*innen, nicht das von Brancheninsidern. Sie liegen meistens genau richtig mit ihrer Kritik und ich bekomme oft genau die Jobs, die ich mit ihnen vorbereitet habe.

Lebe jeden Tag
mit einem Herz
voll Dankbarkeit.

Ich bin enorm dankbar für das Glück, dass ich Gelegenheiten bekommen habe, die andere nicht hatten. Ich nehme das nie als selbstverständlich hin. Ich wurde nun mal zufällig zwei Stunden Autofahrt von L. A. entfernt geboren und meine Mom hatte zufällig einen Facebook-Follower, der Casting Director war und mir half, in das Business einzusteigen. Das war reines Glück. Und das werde ich niemals vergessen. So viele Kinder haben nicht dieselben Gelegenheiten, dieselbe Unterstützung oder dieselben Kontakte, um ihre Träume zu verwirklichen.

Wenn Menschen zu egozentrisch oder selbstherrlich werden und vergessen, woher sie kommen, wenden sie sich von ihren Wurzeln ab und ignorieren, wie viel Glück sie gehabt haben. Ich versuche, auf dem Boden zu bleiben und stets dankbar dafür zu sein, dass ich jeden Tag das tun kann, was ich liebe.

Kreativität ist
das Licht,
das dich durch
dunkle Zeiten
führt.

Wenn ich traurig bin, fühle ich mich besonders inspiriert dazu, zu schreiben oder zu arbeiten. In der Zeit, in der ich besonders mit Depressionen kämpfte und durchgehend sehr traurig war, wollte ich mich nur in einem schwarzen Loch verkriechen. Ich glaubte, dass ich niemals gut genug und mein Leben niemals perfekt genug sein würde. Ich setzte mich selbst unter extremen Druck und konnte den Gedanken nicht ertragen, eventuell zu scheitern. Ich war mir sicher, dass meine Familie mein Versagen als persönliche Kränkung empfinden würde und sie schrecklich enttäuscht von mir wäre. Diese Angst quälte mich monatelang.

Ich glaube, eine Depression trägt man sein ganzes Leben lang in sich und man muss irgendwie lernen, damit zu leben. Manchmal höre oder denke ich etwas, das mich in diese schwere Zeit zurückversetzt. Wenn diese Gedanken auf mich einströmen, beschäftige ich mich, beginne ein neues Drehbuch oder arbeite an etwas. Das hilft mir, diesem dunklen Ort zu entkommen. Wenn ich mit meiner Traurigkeit einfach nur sitzen bleibe, wird sie zu einem Sumpf des Elends, der mich in sich einsaugt. Kreativ zu sein ist meine Motivation dafür, weiterzumachen.

Lerne zu schätzen,
was du schon erreicht
hast, und genieße den
Weg zu dem Ziel, auf
das du hinarbeitest.

Ich denke ständig über die Zukunft nach. Es ist leicht, sich mit anderen zu vergleichen, und es fällt mir manchmal schwer, meinen eigenen Erfolg und hart erarbeiteten Fortschritt zu würdigen, wenn ich sehe, wie schnell andere berühmt wurden. Wenn eine andere Schauspielerin für einen fantastischen, relevanten Film oder eine Serie gecastet wird, die ihre Karriere einen Riesenschritt voranbringt, dann muss ich immer daran denken, wie lange es gedauert hat, bis ich einen ähnlich guten Job bekommen habe, und wie gern auch ich auf einen Schlag berühmt werden würde. Die Schauspielerei ist voller Konkurrenzkampf und Sich-Vergleichen. Es werden weniger Rollen für People of Color geschrieben und ich muss um Parts kämpfen, die nicht unbedingt auf mich zugeschnitten sind. Das kann je nach Tagesform entmutigend oder motivierend sein.

Auch nach vielen Jahren Berufserfahrung denke ich oft nur an das, was ich noch nicht erreicht habe. Ich bin wie in einem Wettlauf mit mir selbst und nicht immer gelingt es mir, mir zu vergegenwärtigen, wie weit ich schon gekommen und wie sehr ich gewachsen bin. Ich bemühe mich mehr und mehr darum, jeden Schritt in Richtung meiner Ziele als Teil einer wunderbaren, lehrreichen Reise zu betrachten.

Das Leben ist zu kurz,
um auf Chancen zu
warten. Manchmal
muss man selbst
die Tür aufstoßen.

Als ich wieder einmal gesagt bekam, dass ich eine große Filmrolle nicht bekomme, war ich am Boden zerstört. Ich war einige Runden weit gekommen und hatte mein ganzes Herzblut in mein Vorsprechen gesteckt. Die Entscheidung war knapp gewesen und als ich den Anruf bekam, dachte ich nur: »Schon wieder wird mir die Tür vor der Nase zugeschlagen.« Meine Familie tröstete mich und sagte, ich würde die richtige Rolle bekommen, wenn die Zeit reif sei.

Ich überlegte, wie ich diesen Misserfolg in eine Gelegenheit verwandeln konnte. Ich hatte schon lange Lust dazu gehabt, mich als Drehbuchautorin, Produzentin oder Regisseurin auszuprobieren, und dies schien der perfekte Augenblick dafür zu sein. Statt darauf zu warten, dass mir ein neues Projekt ins Haus flatterte, ergriff ich die Initiative und machte mich daran, mein eigenes Projekt zu schreiben und zu entwickeln. Im Moment habe ich etwa zwanzig unfertige Drehbücher auf Final Draft liegen, aus Ideen, die mir überall und ständig einfallen. An meinen eigenen Projekten zu arbeiten erfüllt mich immer mit Hoffnung. Warte nicht darauf, dass jemand dir die Erlaubnis dafür erteilt, das zu tun, was du immer tun wolltest.

Zukunft ist,
was du draus machst –
also träume groß!

Kühne Träume helfen dir dabei, zu entdecken, wozu du fähig bist, denn sie eröffnen dir eine Welt voller Möglichkeiten. Wenn du aktiv an deinen Träumen arbeitest, dann stellst du die Weichen für ein glückliches Leben, in dem sie Realität geworden sind. Ich bin das Paradebeispiel dafür, dass kühne Träume sich auszahlen können.

Als Kind wollte ich zuerst Astronautin, dann die erste Präsidentin der USA und dann Schauspielerin werden. Letzteres war mir am leichtesten möglich, ich konnte sofort damit anfangen. Und jetzt kam die harte Arbeit ins Spiel. Meine Eltern glaubten immer an mich und unterstützten mich, aber trotzdem war dies ein ziemlich weit hergeholter Traum für eine Achtjährige aus dem Coachella Valley. Ich sah das als Gelegenheit, mich zu beweisen. Ich schaute mir so viele Filme an wie nur möglich, übte vor dem Spiegel, trat vor Familie und Freund*innen auf und betete. Trotz alledem war es ein sehr gewagter Traum, der nur durch die Unterstützung meiner Eltern und eine gehörige Portion Glück Realität wurde. Aber der Punkt ist, dass es keine Nachteile hat, kühn zu träumen. Wenn man sich diese Träume verbietet, macht man sein Leben dadurch kleiner.

Sternschnuppen
verglühen
schnell.

Mir ist aufgefallen, dass manche Schauspieler*innen jahrelang hart arbeiten müssen, um erfolgreich zu sein, während andere auf einen Schlag Stars werden. Viele wollen diesen plötzlichen, umfassenden Erfolg. Aber es geht nicht darum, am schnellsten berühmt zu werden, sondern darum, seine Fähigkeiten zu verfeinern und sich eine Karriere aufzubauen, auf die man stolz sein kann. Wenn ich mich bei dem Gedanken ertappe, dass ich schon seit Jahren im Business bin, aber andere Schauspieler*innen meine Wunschrollen bekommen, denke ich an Frauen wie Nicole Kidman oder Viola Davis, die sehr lange arbeiten mussten, bevor sie ihre verdiente Anerkennung bekamen. Du brauchst im Leben viel Ausdauer. Sei geduldig und bewege dich stetig auf dein Ziel zu.

Kürzlich war ich mit meinem Dad einkaufen und hörte, wie ein Junge zu seinen Freund*innen sagte: »Oh, das ist Jenna Ortega.« Es ist unglaublich, dass fremde Menschen meinen Namen kennen. Meistens lebe ich in meiner eigenen Welt und habe das Gefühl, dass sich seit meiner Kindheit eigentlich nichts verändert hat. Solche Momente holen mich aus meiner Blase und erinnern mich daran, dass ich einen sehr öffentlichen Job habe. Es macht mich froh, dass es Menschen gibt, die mich und meine Karriere wohlwollend unterstützen. Dafür bin ich extrem dankbar.

Wenn man
zu niemandem
aufschauen kann,
wem soll man dann
nacheifern?

Ein oder mehrere Vorbilder zu haben kann dich dazu motivieren, die beste Version deiner selbst zu werden. Was meine Vorbilder erreicht haben und welche Risiken sie dafür eingegangen sind, hat mich dazu ermutigt, ebenfalls kühn zu sein. Diese Vorbilder müssen nicht unbedingt Prominente sein: Es sind Menschen, die du bewunderst und deren Charakter und Arbeitsethos du respektierst.

Zu meinen größten Vorbildern gehört Gina Rodriguez. Ich lernte sie mit elf Jahren kennen, als ich die jüngere Version ihrer Figur aus *Jane the Virgin* spielte. Sie nahm sich am Set die Zeit, mich kennenzulernen, und gab mir ermutigende Worte mit auf den Weg: Ich solle mir treu bleiben, immer gut vorbereitet sein und mich nie entmutigen lassen. »Ich bin so stolz auf dich«, sagte sie. »Wir sind gemeinsam auf dieser Reise.« Auch wenn ich sie heute treffe, gibt sie mir immer gute Ratschläge. Dass eine junge Latina-Schauspielerin so viel Erfolg hatte, bedeutete mir sehr viel. Als Kind konnte ich bekannte Latinx-Schauspieler*innen an zwei Händen abzählen. Im Fernsehen niemanden zu sehen, der aussah wie ich oder etwas mit mir gemeinsam hatte, war sehr frustrierend. Es ist wichtig, zu Menschen aufschauen zu können, sie zu bewundern und sich dazu inspirieren zu lassen, der Welt ebenfalls etwas geben zu wollen.

Liebe dich selbst.

Du hast nur ein Leben.
Geh Risiken ein und
sei du selbst, statt
dich hinter den
Erwartungen anderer
zu verstecken.

Manchmal stehen wir Teenager*innen unter dem starken Druck, in eine bestimmte Schublade passen zu müssen. Dabei ist dieses Alter die beste Zeit, um sich auszuprobieren. Hab Spaß! Sei individuell! Trau dich, neues Make-up und neue Outfits auszutesten! Das ist eine wunderbare Möglichkeit, sich selbst auszudrücken, und es ist okay, wenn man sich nicht wie alle anderen anzieht. Vertrau auf deinen eigenen Geschmack.

Ich zum Beispiel trage zu Hause, wenn ich nicht arbeite, am liebsten bequeme Klamotten: weite T-Shirts, Jogginghosen und meinen Lieblingskapuzenpulli. Bequemlichkeit hat absoluten Vorrang. Aber wenn ich mich dann doch mal schick mache, zum Beispiel für die Arbeit oder für Events, dann gefallen mir Outfits, die sich ziemlich stark von meiner Alltagskleidung unterscheiden. Bei Abendgarderobe ist mein Stil sehr ungewöhnlich und erfordert ein bisschen Mut. Meine Stilikonen sind Leute, die sich trauen, Mode auf das nächste Level zu heben, wie zum Beispiel Zendaya, Billy Porter und Lady Gaga. Ich finde es toll, wie sie mit ihrer Kleidung eine Story erzählen! Ich bin eher der jungenhafte Typ. Pinkfarbene, rüschigfeminine Kleidung zieht mich nicht an. Ich liebe Gwen Stefanis coolen Rocker-Style und bevorzuge kantige Looks mit klaren Linien.

Trage selbstbewusst,
was dir gefällt.

Bei der Premiere von *Spiderman: Homecoming 2017* zahlte es sich aus, dass ich ein Moderisiko eingegangen war. Als Enrique und ich am Abend vorher mögliche Outfits für mich durchgingen, war ich nicht besonders begeistert von den Optionen. Er zeigte mir ein interessantes Hosen-Outfit, aber ich fand es ein bisschen zu schlicht. Eine schmale, schwarze Hose mit einem weißem, asymmetrischem Trägertop und coolen, mit Nieten besetzten Blockabsatzschuhen. Grundsätzlich gefiel es mir, aber ich war mir nicht sicher, ob dies der richtige Look für eine Marvel-Filmpremiere war. Das Outfit brauchte meiner Meinung nach einen jugendlichen, spielerischen Touch. Das brachte meinen brillanten Stylisten auf die Idee, das Shirt von einem befreundeten Künstler mit dem Wort »SHOOK« in Comicschrift besprühen zu lassen. Gesagt, getan. Als der Künstler das Outfit zurückschickte, gefiel es mir sofort, aber ich wusste nicht, ob ich es wirklich tragen sollte. War es nicht zu auffallend für die Premiere eines Films, in dem ich nicht einmal mitspielte? Aber Enrique überzeugte mich, das Risiko einzugehen. Ich hatte Angst, es könnte zu schräg sein, aber letztendlich wurde es zu einem meiner Lieblingsoutfits!

Bewege
deinen
Körper.

Du solltest dich gut um deinen Körper kümmern, aber du weißt selbst am besten, was dir guttut. In der freien Natur unterwegs zu sein, Sport zu machen und dabei Zeit mit geliebten Menschen zu verbringen ist eine tolle Art, deinen Körper zu bewegen und dein Selbstvertrauen zu stärken. Wenn ich zu viel zu tun habe, tendiere ich dazu, meine Fitness zu vernachlässigen, und dann fühle ich mich nur noch schlechter. Wenn ich regelmäßig trainiere – ein paar Übungen in meinem Zimmer oder eine kurze Laufrunde durch mein Viertel genügen schon –, fühle ich mich besser, ruhiger und stärker. Das ist die Magie der Endorphine. Am schwersten ist es, sich zum Sport erst mal aufzuraffen. Aber danach fühlt man sich wunderbar und ist stolz auf sich. Manchmal hilft es, sich einfach die Turnschuhe anzuziehen. Selbst wenn man danach noch eine Weile herumtrödelt, wird man wahrscheinlich irgendeine Art von Sport machen, wenn man die Schnürsenkel zugebunden hat. Nutze diesen Schwung!

Das Schönste,
was ein Mädchen
tragen kann,
ist Selbstvertrauen.

Ich hatte noch nie besonders viel Selbstvertrauen und war früher sehr unsicher. Ich war immer neidisch darauf, wie gut andere Mädchen in den sozialen Medien aussahen. Je länger ich mir ihre Bilder ansah, desto klarer wurde mir, dass sie alle eines gemeinsam hatten: ihr Selbstbewusstsein. Wenn du mit erhobenem Haupt durchs Leben gehst, werden alle finden, dass du gut aussiehst. Und was noch viel wichtiger ist: Du selbst wirst dich auch so fühlen. Erst wenn du dich wirklich in deiner Haut und in deinem Leben wohlfühlst, wirst du ein individuelles Zeichen setzen können. Da ich merkte, dass all die schönen Fotos der Stilikonen und Influencer*innen in den sozialen Medien mich nur verunsicherten, verbrachte ich weniger Zeit damit und konzentrierte mich stattdessen lieber auf mich selbst. Wenn ich mich in meiner eigenen Haut wohlfühle, dann kann ich auch andere ohne Neid viel besser unterstützen.

Je mehr Zeit wir
auf sozialen Medien
verbringen, desto
stärker nagt das
an unserem
Selbstbewusstsein.

Wir leben in einer Kultur, in der man möglichst glamourös oder aufregend wirken muss. Unrealistisch hohe Standards werden mit peinlichen Kommentaren wie »You betta werkkk!« oder »Super Snatched!« gelobt. (Diese Worte zu schreiben hat mich große Überwindung gekostet.) Solche Kommentare geben einem sofort positives Feedback, aber die Menschen sind verletzt, wenn sie nicht jedes Mal dieselben Lobeshymnen ernten. Dies motiviert sie dazu, sich mehr Mühe zu geben und mehr Zeit auf sozialen Medien zu verbringen, um herauszufinden, was gut ankommt. Wir sehnen uns nach Anerkennung von anderen und folgen den Leuten, die wir gerne wären. Wenn wir nur so aussehen würden wie sie, so lustig wären wie sie, ein so tolles Leben hätten wie sie!

Ich versuche, nicht allzu viel Wert darauf zu legen, was in den sozialen Medien passiert, wie viele Likes oder Kommentare meine Posts bekommen – solange ich Content poste, zu dem ich stehe, fühle ich mich gut damit. Nur auf die Meinung meiner Familie und der engsten Freund*innen lege ich wirklichen Wert, obwohl es mich freut, eine sehr positive Followerschaft zu haben. Ich bin dankbar für ihre Unterstützung und ich werde versuchen, Liebe und Licht zu verbreiten, mir treu zu bleiben und zu tun, was mich glücklich macht.

Du bist genug,
genau so,
wie du bist.

Der Druck, »du selbst« zu sein, ist immens hoch. Dabei dienen oft Instagram-Accounts als Vorbilder, die genau den richtigen Filter benutzen, um ihre Fotos ganz natürlich wirken zu lassen. Irgendwie scheinen alle zu erwarten, dass »du selbst« zu sein heißt, nie ohne Make-up das Haus zu verlassen, damit bloß niemand deinen Pickel sieht. Aber du brauchst das Make-up nicht. Und den Filter auch nicht. Du bist nicht perfekt und dein Leben auch nicht – weil es allen anderen ganz genauso geht. Wer du bist und was du tust, ist genug!

Sei immer die beste
Version deiner selbst,
statt zu versuchen,
der Abklatsch von
jemand anderem
zu werden.

Als ich anfing, soziale Medien zu nutzen, war ich vielleicht elf oder zwölf – sicherlich jünger, als gut gewesen wäre. Ich dachte, es sei wichtig für meinen Job. Ich begann all den Leuten zu folgen, die mir vorgeschlagen wurden oder denen meine Freund*innen folgten: Influencer*innen, Beauty-Expert*innen, ein paar Komiker*innen und andere Online-Persönlichkeiten. Ihre Posts hauten mich um: Sie hatten so viele Follower*innen und wirkten alle so schön und perfekt. Was diese Leute machten, beeinflusste mich so sehr, dass ich dachte, ich müsste mich so anziehen wie sie, so aussehen wie sie und sogar dieselben Witze erzählen. Ich stückelte mir eine Identität und einen Look zusammen, die nicht zu meiner Persönlichkeit passten. Manchmal wiederholte ich Witze von Instagram oder YouTube vor meiner Familie und sie schauten mich und dann sich gegenseitig nur stumm an und fragten sich, was mit mir los war. Ich musste lernen, dass man die Talente und das Aussehen anderer Leute zwar bewundern und auch als Inspirationsquelle nutzen kann, aber nur, um die eigene Identität zu *erweitern*, nicht um sie zu ersetzen. Probiere aus, was dir gefällt, trau dich, etwas anderes zu machen, und entdecke, was du liebst!

Sich selbst zu lieben
ist eine Reise.

Selbstliebe entwickelt sich nicht über Nacht – wir sind alle unsicher. Als Kind war ich eine echte Rampensau: Ich spielte vor, wollte Aufmerksamkeit, war albern und liebte es. Aber mit dreizehn gefiel mir auf einmal gar nichts mehr an mir, weder mein Aussehen noch mein Verhalten. Ich war so sehr damit beschäftigt, mit allem zu hadern, dass ich mein wahres Selbst eine Zeit lang aus den Augen verlor. Jetzt bin ich auf der Reise zurück zu Selbsterkenntnis und Selbstliebe. Ich will jeden Tag etwas Neues über mich lernen. Manches gefällt mir und an anderem will ich arbeiten. Ich bin nicht immer selbstbewusst und definitiv nicht perfekt. Aber schon auf dieser Reise, auf der ich wachse und mich verbessere, finde ich Liebe für mich selbst. Sich zu lieben bedeutet, die eigenen Unsicherheiten und angeblichen Fehler an sich zu erkennen, sie anzunehmen und als Besonderheiten zu feiern.

Es ist okay,
viel Glück zu haben
und trotzdem
kämpfen zu müssen.
Es ist okay,
sich nicht okay
zu fühlen.

Als ich meine Therapie begann und mit meiner Therapeutin über meine Gefühle sprach, war mir das anfangs sehr peinlich. Durfte ich mich überhaupt beschweren oder traurig fühlen? Anderen Menschen ging es viel schlechter als mir, mit welchem Recht war ich also depressiv? Es fiel mir schwer, mich der Therapeutin zu öffnen, weil ich nicht wollte, dass sie mich für undankbar oder selbstmitleidig hielt. Mir war so wichtig, was andere von mir hielten, dass ich mich lieber schlecht fühlen als von meiner Therapeutin verurteilt werden wollte. Aber so zu denken ist nicht gesund. Alle unsere Gefühle haben ihre Berechtigung. Wir sollten uns erlauben, schlechte Tage zu haben.

Sei geduldig mit dir selbst, aber suche dir auch aktiv Hilfe. Es kostete mich eine Menge Kraft, vor meiner Therapeutin zuzugeben, wie ich mich wirklich fühlte, aber im Nachhinein bin ich extrem froh darüber. Der Weg zu Glück, Heilung oder Frieden mag lang sein, aber du kannst den ersten Schritt gehen, indem du um Hilfe bittest und dich an die Arbeit machst.

Labels
limitieren
dich.

Mir wurden mein Leben lang irgendwelche Labels aufgedrückt, als kleines Mädchen, weil ich an »Jungssport« und Politik interessiert war, und als junge Schauspielerin, weil ich mich offen zu sozialen Missständen äußerte. Als Kind wollte ich die erste Präsidentin der USA werden und man sagte mir immer, das sei unmöglich, weil »Mädchen nicht Präsident sein können«. Ich glaubte lange an diese Labels, weil sie mir jahrelang eingetrichtert wurden und mir in Fleisch und Blut übergegangen waren. Erst als ich älter wurde, merkte ich, dass diese Labels und Barrieren mich nicht davon abhalten sollten, neue Erfahrungen zu machen, Grenzen auszutesten und neue Leute kennenzulernen.

Der Druck, in eine bestimmte Schublade zu passen, kann dich einschränken. Aber du sitzt am Steuer deines Lebens und du entscheidest, mit welchen Leuten du dich umgibst, wie du aussehen willst und was dich interessiert. Jetzt, da ich mich von diesen Labels verabschiedet habe, betrachte ich alle Menschen als grenzenlos.

Hör auf,
dich mit anderen
zu vergleichen.
Du bist du – und
das können sie
niemals sein.

Viele Menschen gehen zu hart mit sich ins Gericht. Wer wenig Selbstvertrauen hat, für den sind Vergleiche mit anderen pures Gift. Zu glauben, dass man anderen Leuten nicht das Wasser reichen kann, führt zu sozialer Isolation. Es ist wichtig, das ehrlich anzusprechen, weil so viele Menschen Ähnliches durchmachen – sogar Leute, die du für absolut perfekt hältst. Und wer sagt, dass andere Leute nicht auf dich schauen und sich fragen, wie sie *dir* das Wasser reichen können?

Was wirklich zählt,
ist, was du der Welt
zu geben hast –
deine Energie,
deine Persönlichkeit,
deine Güte.

Ich kann Materialismus nicht ausstehen. Als ich anfing zu arbeiten und mehr Zeit in L. A. verbrachte, war das erste Designerstück, das ich mir kaufte, ein superedler Rucksack. Aber die Sache ist die: Das Ding war mir völlig egal. Ich hatte ihn nur gekauft, weil ich mich dazu gezwungen fühlte. Die Freundin, mit der ich shoppen war, ermutigte mich dazu, ihn zu kaufen, damit ich bei Events schick und gut angezogen wirken konnte. Auch meine Mom bekräftigte, ich würde mir viel zu selten etwas gönnen. Also kaufte ich das Teil – was total bescheuert war.

Wie oft habt ihr jemanden kennengelernt und gedacht »Oh wow, die Person hat ja tolle Klamotten, bestimmt ist sie supernett«? NIEMALS. Die besten Leute, die du kennenlernst, sind die, zu denen du eine Verbindung spürst, die dir ehrlich und wahrhaftig begegnen. Das hat absolut nichts damit zu tun, welche Handtasche sie haben, welche Schuhe sie tragen und was in ihrem Schrank hängt. Also kauf und trage das, was dich glücklich macht.

Du weißt
am besten,
was gut
für dich ist.

Stell dir vor, du chattest mit jemandem, auf den du total stehst. Und weil du nervös bist, weißt du nicht, wie du auf die letzte Nachricht reagieren sollst. Also tust du das, was viele von uns in einer solchen Situation machen: Du fragst fünf Freund*innen nach ihrer Meinung. Und schwupp ist deine Antwort ein Gruppenprojekt, in dem jedes Wort und jedes Emoji von jemand anderem stammt. Dabei ist dies eine Situation, in der du deine eigenen Entscheidungen treffen solltest. Antworte deinem Crush selbstbewusst einfach das, was dir gerade einfällt. Wenn die Person positiv darauf reagiert und deinen Sinn für Humor mag – Bingo! Eine echte Verbindung. Falls nicht, dann soll es vielleicht einfach nicht sein. Aber das wirst du niemals erfahren, wenn deine besten Freund*innen deine Antwort verfasst haben. Habe Vertrauen zu dir selbst. Das sage ich als Person, die jahrelang die Ideen, Meinungen und Ideologien anderer Leute für wichtiger hielt als ihre eigenen Instinkte. Aber ich habe gelernt, dass *du* am besten weißt, was gut für dich ist.

Glaube
an deine
Kraft.

Es ist mir nicht egal.
Und das sollte es dir
auch nicht sein.

Im Juni 2018 moderierte ich einen Teil der *Radio Disney Music Awards*. Ich wollte die mediale Aufmerksamkeit dafür nutzen, ein Unrecht anzuprangern, das mich sehr traurig machte. Damals gingen die ersten Nachrichten über Camps an der mexikanischen Grenze, in denen Einwanderer*innen festgehalten wurden, durch die Medien und die damalige First Lady Melania Trump hatte die Lager in einer Jacke besucht, auf deren Rücken »I really don't care, do you?« *(Mir ist das völlig egal, und dir?)* stand. Ich fand das unpassend und herzlos. Also trug ich bei der Show eine ähnliche armeegrüne Jacke als eine Mode-Antwort. Auf meiner Jacke stand: »I do care and u should too.« *(Es ist mir nicht egal, und das sollte es dir auch nicht sein.)* Ich musste diese Botschaft unbedingt von einer großen Bühne aus verkünden.

Mir liegen meine Mitmenschen am Herzen und die Leute in den Lagern hatten mein ganzes Mitgefühl. Ich bekam für mein Statement von ein paar Zuschauer*innen negatives Feedback, aber auch viele positive Reaktionen. Die meisten Menschen sprechen Probleme nicht an, weil sie niemanden beleidigen oder Follower*innen verlieren wollen. Doch ich ermutige meine Fans stets dazu, sich für das einzusetzen, woran sie glauben. Wir können nichts verändern, ohne unsere Stimmen zu erheben.

Unsere Stimmen
sind machtvolle
Werkzeuge
der Veränderung.
Unser Schweigen
ebenfalls.

2018 unternahm ich mit der gemeinnützigen Organisation WE Charity eine unglaublich tolle Reise nach Kenia. Dort haben viele Dörfer auch heute noch keinen Zugang zu sauberem Wasser und viele Kinder können keine Schule besuchen. WE sammelt Gelder, um Trinkwasserbrunnen und Schulen zu bauen, und ich durfte als freiwillige Helferin bei dieser Reise dabei sein.

Diese Erfahrung veränderte mein Leben und rückte vieles ins rechte Licht für mich. Wir versuchten, Aufmerksamkeit darauf zu lenken, wie wichtig Zugang zu sauberem Wasser und Schulbildung sind, und halfen bei der Errichtung von Schulgebäuden, indem wir mit den Dorfbewohner*innen Zement mischten und Fundamente gossen.

Man vergisst leicht, wie glücklich man sich schätzen kann, wenn sauberes Trinkwasser eine Selbstverständlichkeit ist. Bis ich mit ein paar kenianischen Frauen Wasser holen ging, hatte ich nie darüber nachgedacht, was es bedeutet, meilenweit für Wasser zu laufen, das noch nicht einmal sauber ist.

Zudem organisierte WE einen Tag des Schweigens, um Aufmerksamkeit auf die Probleme in Kenia zu lenken: Wir mieden öffentliche Auftritte und soziale Medien und dachten stattdessen darüber nach, wie wir unsere Privilegien nutzen können, um anderen zu helfen.

Repräsentation
ist wichtig –
für Menschen aller
Ethnien und
sozialen
Hintergründe.

Als ich klein war, sah ich im Fernsehen und im Kino nur wenig Vielfalt. Ich schaute mir Dakota Fanning an, bewunderte ihre Schauspielkunst und träumte davon, die Latina-Dakota-Fanning zu werden. Wenn ich mir vorstellte, Schauspielerin zu werden, sah ich mich nur als die Latina-Version von anderen. Einfach ich selbst zu sein erschien keine Option.

Als ich die Gelegenheit bekam, Prinzessin Isabel in der Animationsserie *Elena von Avalor* meine Stimme zu leihen, hätte ich nie gedacht, dass Elena das Latina-Vorbild sein könnte, von dem ich als Kind geträumt hatte. Was das bedeutete, verstand ich erst, als ich in Disneyworld war. Die Figur Elena begrüßte junge Fans und es wurden Elena-Kleider und Merchandise verkauft. Ich sah kleine Kinder aller ethnischer Zugehörigkeit Schlange stehen, um sie kennenzulernen und die Puppen und Spielzeuge zu kaufen. Ein paar Tage später sagte im Supermarkt ein Mädchen mit einer Elena-Puppe aufgeregt: »Sie sieht aus wie ich!« Ihr glückliches Gesicht bedeutete mir eine Menge. Mit vier Jahren hatte ich meine Mom gebeten, mir die Haare zu blondieren, damit ich wie Cinderella aussehen konnte. Aber die aktuelle Generation hat eine Disney-Prinzessin, die aussieht wie sie. Das macht mich sehr stolz und es versöhnt mich mit meiner eigenen Geschichte.

Ermutige Menschen
dazu, dir zu sagen,
was sie wirklich
denken.

In L. A., und besonders in Hollywood, sagen eine Menge Leute dir nur das, was du hören willst. Eines Tages am Set bat ich um Feedback für eine Szene. Wenn die Autor*innen anwesend sind, versuche ich immer ihre Meinung zu erfahren – ich will sicherstellen, dass ich die Performance abliefere, die sie sich vorgestellt haben. In diesem Fall bekam ich nur Komplimente. Das hilft mir aber nicht weiter! Ich will mein Bestes dafür tun, dass meine Darstellung der Geschichte auf dem Papier und der Vision dahinter gerecht wird, damit wir zusammenarbeiten und ein Endergebnis schaffen können, auf das wir alle stolz sind. Das gelingt nicht, wenn sich jemand auf die Zunge beißt und sich bemüht, nur ja nichts Falsches zu sagen.

Feiert eure
Unterschiede.
Umgib dich mit Leuten,
die dich aufrichten
und nicht
runterziehen.

In der Mittelstufe musste ich oft nach L. A. fahren und arbeiten. Einige Mitschüler*innen stänkerten immer herum, wenn ich die Schule verlassen musste. Sie machten sich über mich lustig und nannten mich arrogant. Diese Leute sah ich ständig – in meinen Kursen, beim täglichen Mittagessen – und ich wusste nicht, wie ich ihnen aus dem Weg gehen sollte. Es dauerte eine Zeit lang, bis ich merkte, wie sehr ihre Worte mich beeinflussten. Ich versuche immer, Frieden zu stiften und allen vorbehaltlos zu begegnen. Aber nach einer Weile realisierte ich, dass meine sogenannten Freund*innen mich mit ihrer ständigen Negativität nur runterzogen. Wenn man sich mit negativer Energie umgibt, schadet einem das, auch ohne dass man es merkt. Es verändert dich als Menschen. Schließlich fand ich neue Freund*innen, die ich sehr liebte, und belebte auch alte Freundschaften aus der Grundschule wieder. Diese Leute waren positiv, ehrlich und gaben mir Rückhalt. Mit ihnen fühlte ich mich gut.

Wir alle sind hin und
wieder eifersüchtig.
Wie du damit umgehst,
definiert deinen
Charakter.

Für mich sind Neid und Eifersucht gefährliche, toxische Gefühle. Eifersucht wurzelt oft in Beziehungsdingen: Wer ist mit wem zusammen, welche*r Freund*in ist wohin eingeladen ... Ich bin nicht immer dabei, wenn meine Freund*innen etwas unternehmen, und das ist okay so. Ich mache auch mein eigenes Ding und bin gern allein. Ich weiß, dass meine Freund*innen und ich immer füreinander da sind. Unsicherheit und Eifersucht plagen mich hauptsächlich, wenn es um meine Arbeit geht. Wenn jemand eine Rolle bekommt, die ich haben wollte, dann werde ich natürlich kurz neidisch. Aber ich lasse nicht zu, dass sich dieses Gefühl festsetzt. Wenn man sich in Neid verbeißt, holt man sich nur Negativität ins Leben. Neid hinter mir zu lassen musste ich im Laufe der Jahre erst lernen, aber jetzt dauert das Gefühl nur einen Augenblick lang. Ich schreibe es mir von der Seele. Ich schreibe positive Gedanken voller Liebe in mein Tagebuch, um mich daran zu erinnern, dass Neid ein ganz normales menschliches Gefühl ist, ich aber nicht zulassen will, dass es mich von meiner wahren Bestimmung abhält.

Sei selbst das Gute,
das du in anderen
suchst.

Kritisiere nicht zu viel und konzentriere dich auf das Gute. Versuche, positiv zu bleiben. Selbst wenn nur eine einzige Person in deinem Freundeskreis eine positive Einstellung hat, kann das auf die anderen abfärben. Natürlich dürfen wir alle miese Tage oder schlechte Laune haben, aber was uns definiert, ist, wie wir damit umgehen. Wie schön wäre die Welt, wenn alle sich um positive Energie bemühen würden!

Letztes Jahr machte ich mit meiner Mom eine lange Autofahrt und mir war auf einmal alles zu viel. Meine Mom versuchte Gespräche anzustoßen und mich zum Lachen zu bringen, aber ich konnte meine miese Laune nicht abschütteln. Irgendwann sagte sie: »Jenna, manchmal machst du es einem wirklich schwer. Du kannst sehr negativ sein.« Ich war geschockt. So hatte ich mich noch nie betrachtet und nie darüber nachgedacht, wie sich meine Laune oder Negativität auf die Menschen auswirkte, die ich liebte. Danach achtete ich mehr auf die Energie anderer und merkte, wie sehr ich mich zu positiven, offenen Menschen hingezogen fühle, die einen Raum durch ihr Lachen und ihre Fröhlichkeit erhellen. Aber ich war noch nie auf den Gedanken gekommen, dass ich vielleicht für andere auch eine solche Person sein sollte. Ich merkte, dass ich diese Art von Energie haben und auf andere übertragen konnte.

Du musst
nicht immer
alles allein
bewältigen.

Für eine Person wie mich, die stur ist und immer unabhängig sein möchte, war es nicht leicht, um Hilfe bitten zu lernen. Als ich anfing *Mittendrin und kein Entkommen* zu drehen, war ich zuvor in eine ganz normale Schule gegangen. Am Set bekam ich Privatunterricht bei Lehrer*innen, die das Studio angestellt hatte. Ich hatte Angst, sie um Hilfe zu bitten, weil ich nicht ignorant und hilflos wirken wollte. Doch als ich mit Algebra anfing, war ich völlig verwirrt (obwohl ich es heute liebe). Ich bekam einen Anruf von meiner Highschool-Lehrerin, die meine Hausaufgaben überprüfte und ohne Umschweife sagte: »Du hast das offenbar nicht richtig verstanden. Bitte doch deinen Betreuer um Hilfe.« Ich gab nach und fragte den Studio-Mathelehrer, der mir ausführlich die Grundlagen erklärte und mit mir die Aufgaben durchging. Und plötzlich fiel es mir wie Schuppen von den Augen. Ich hatte diese Vorstellung von mir als Person, die zu unabhängig, eigenständig und erwachsen war, um Hilfe zu benötigen. Zum Glück merkte ich, dass das nicht Unabhängigkeit, sondern reine Sturheit war. Um Hilfe zu bitten ist nichts Schlimmes, sondern ein Zeichen von Reife und Wachstum.

Dein Wert
entspringt dir,
nicht der Meinung
anderer.

Wir lassen uns zu oft von unseren Unsicherheiten und Sorgen diktieren, wer wir zu sein glauben und welche Standards wir uns setzen. Kein Leben ist mehr wert als ein anderes. Wir alle machen dieselben Schwierigkeiten durch, also sollten wir uns nicht vergleichen, sondern uns gegenseitig unterstützen.

Ich hatte einmal eine extrem liebe, talentierte und schöne Freundin und ich wurde immer schrecklich unsicher, wenn ich mich mit ihr verglich. Deshalb fühlte ich mich oft sehr schlecht. Was ich nicht wusste, war, dass es ihr mit mir genauso ging! Ich habe gelernt, die guten Eigenschaften anderer zu bewundern, ohne meine eigene Selbsteinschätzung deshalb zu verändern. Wenn ich Leute sehe, deren Stil mir gefällt, die ich witzig finde oder die ein schönes Lächeln haben, dann sage ich es ihnen. Das macht mich zu einer positiven Person und alle fühlen sich gut dabei. Jemand anderen aufzubauen macht dich selbst nicht kleiner.

Lass
deine Taten
sprechen.

Ich glaube an die Resultate harter Arbeit. Viele Menschen verwenden eine Menge Energie darauf, neue Projekte aufzubauschen und hochzuhypen, die sich am Ende als halbgar und die ganze Aufregung nicht wert herausstellen. Hype für ein Projekt zu erschaffen, das die hohen Erwartungen dann nicht erfüllen wird, ist keine besondere Leistung. Mich macht es zufriedener, wenn ich konzentriert an etwas arbeite, wovon niemand weiß, und dann das Ergebnis für sich sprechen lasse.

Es wird nicht immer
ein Morgen geben.
Was du heute tust,
wird das sein, woran
man sich erinnert.
Was willst du
hinterlassen?

Wenn man jung ist, glaubt man, dass man alles tun kann, was man will, und noch alle Zeit der Welt hat, um heranzureifen und die Person zu werden, die man sein möchte. Aber wie man andere behandelt und sich verhält, ist das, was den Charakter ausmacht. Und daran werden die Menschen sich erinnern.

Wenn ich am Set in die Arbeit vertieft bin, konzentriere ich mich manchmal so sehr darauf, mein Bestes zu geben, dass es sein kann, dass ich all die Hilfe und die Arbeit, von der ich umgeben bin, als selbstverständlich betrachte. Deshalb versuche ich bewusst, allen Crewmitgliedern und Assistent*innen immer wieder zu danken. Sie arbeiten hart, damit auch ich konzentriert arbeiten kann. Ich drücke meine Dankbarkeit sehr deutlich aus. Weil ich immer bedenke, wie ich in Erinnerung bleiben will, denke ich bewusster über mein Verhalten nach. Und ich versuche, nichts als selbstverständlich zu betrachten, weil mir alles in nur einem Moment genommen werden könnte.

Ergreif das Wort,
um Positives
zu bewirken.
Egal wie viel
auf dem Spiel steht
und wie groß
deine Bühne ist.

2017 sprach ich vor der UN über meine Erfahrungen mit der UNAIDS-Organisation, die Aufmerksamkeit auf HIV lenkt. Ich hielt meine Rede vor einem Saal voll politischer Führungskräfte, Diplomat*innen und Aktivist*innen, zu meiner Linken der Premierminister von Uganda, zu meiner Rechten der französische Präsident. Es war nervenaufreibend. Die meisten Reden waren über Daten und Statistiken, während ich vom Aids-Tod meines Großvaters und den belastenden Auswirkungen seines Leidens auf meine Familie erzählte.

Ich sprach zum ersten Mal öffentlich darüber. Mein Großvater war vor meiner Geburt gestorben. Er war Entertainer, der sich im fortgeschrittenen Alter zu seiner Homosexualität bekannt hatte. Ich spüre eine tiefe Verbindung zu ihm, weil ich sein schauspielerisches Talent geerbt habe.

Während meiner Rede begann ich vor Überwältigung zu weinen. Ich fühlte mich als jüngste Person im Raum furchtbar verletzlich. Als ich fortfuhr, legten die Anwesenden ihre Gabeln zur Seite, um mir zuzuhören. Alle Tischgespräche wurden leiser und verstummten dann ganz. Nach meiner Rede bat mich ein ausländischer Minister, der mich vorher kaum beachtet hatte, um ein Gespräch. Es war ein großer Tag für mich und ich hatte das Gefühl, dieser enormen Herausforderung gerecht geworden zu sein.

Du kannst alles tun,
was du willst.

Du brauchst Mut, um deiner Leidenschaft nachzugehen und deinen Ambitionen zu folgen. Wenn du davon träumst, einen Roman oder einen Song zu schreiben und vorzutragen oder Kapitän*in deiner Fußballmannschaft zu werden – dann versuch es. Vielleicht hast du im Moment noch nicht die nötigen Ressourcen oder all das Wissen und die Fähigkeiten, die du dafür brauchst, aber du kannst schon mal anfangen. Vielleicht merkst du nach ein paar Kompositionsversuchen oder Schauspielkursen, dass dieser Weg doch nicht der richtige für dich ist. Aber durch diese Erfahrung lernst du, was harte Arbeit und Üben bedeutet, und vielleicht findest du auch ein paar neue Freund*innen, die dir andere coole Aktivitäten nahebringen können.

Den ersten Schritt zu wagen ist immer schwierig. Aber trotzdem eine gute Idee. Experimentiere und lerne dabei so viel wie möglich. Die Vorstellung, zu scheitern, kann beängstigend und einschüchternd sein, aber deinem Traum zu folgen ist all diese Ängste wert. Lass dich durch Angst nie davon abhalten, an deinen Zielen zu arbeiten. Du bist für deine Geschichte verantwortlich. Lass nicht zu, dass jemand anders sie für dich schreibt!

MIX
Papier | Fördert gute Waldnutzung
FSC® C084279
FSC
www.fsc.org

Deutsche Erstausgabe

Titel der amerikanischen Originalausgabe: ›It's All Love.
Reflections for Your Heart & Soul‹, 2021 erschienen bei
Random House Children's Books, einem Imprint von
Penguin Random House LLC, New York

Illustrationen, Vignetten: © Ali Mac, Johanna Röhner / dtv
Umschlaggestaltung: dtv nach einem Entwurf und
unter Verwendung einer Illustration von © 2020 by Ali Mac
Gesetzt aus der Sabon LT Std
Satz: Marleen Janzen / dtv
Repro: Regg Media GmbH, München
Druck und Bindung: Print Consult GmbH
Printed in Slovakia · ISBN 978-3-423-76500-8